初见，尼泊尔

张云 著

线装书局

图书在版编目（CIP）数据

初见，尼泊尔 / 张云著．—北京：线装书局，2015.5
ISBN 978-7-5120-1798-6

Ⅰ．①初… Ⅱ．①张… Ⅲ．①游记—作品集—中国—当代
Ⅳ．① I267.4

中国版本图书馆 CIP 数据核字（2015）第 068650 号

初见，尼泊尔

作　　者：张　云
责任编辑：崔建伟　宁　静
装帧设计：张　云
出版发行：线装书局
　地　址：北京市西城区鼓楼西大街 41 号（100009）
　电　话：010-64045283　64041012
　网　址：www.xzhbc.com
经　　销：新华书店
印　　制：北京市玖仁伟业印刷有限公司
开　　本：710mm×1000mm　1/16
印　　张：13
字　　数：140 千字
版　　次：2015 年 6 月第 1 版第 1 次印刷
印　　数：0001—6000 册

定　　价：39.00 元

目　录
CONTENTS

目　录
CONTENTS

目　录
CONTENTS

目 录
CONTENTS

一 蓝毗尼，佛祖出生的地方

（一）不言谢，其实是心底最深的感激

结束印度之行，我在印、尼边境过关，来到了下一站目的地——尼泊尔。自从《等风来》热映之后，这个安静且神秘的国度引起了很多人的好奇。作为中国的近邻，它有着悠久的历史和文化传统，我的到来有点迟。

办完入关手续，同车的人都已租车离开，我坐在口岸办事处外面的长椅上想着怎么去蓝毗尼。Lumpinī，又译岚毗尼、腊伐尼、林微尼等，释迦牟尼佛的诞生地，佛教的主要圣地之一，被称为“佛祖的故乡”。

这时，一位当地黑车司机上前询问要去的地方和人数，得知只有我一人，便说自己的出租车现在被一位印度富二代包下，我算是搭车，车费可以便宜很多。我心里无惧，再看司机面相还算善良，便虎着胆坐上了车。

车很快就上路了，印度富二代与同行的朋友都在韩国留学，这次放假回国顺便去蓝毗尼游玩。他们说话的语调和举止处处显示他

们的优越感，实在让人反感，所幸，当得知我是来自中国的旅行者，并且一个人去蓝毗尼，他们没有把我赶下车，下车时我表达了谢意。

蓝毗尼寺院的大门口，距离园区的中国寺还有很长很长的距离。沉重的背包压在身上，似有千斤压顶之感，想想还要负重步行 3 公里，真有些惧怕。那时，我的腿跟脚都有些发软打颤了，我一副蔫茄子相站在门口，十分疲惫。

树荫处几位闲坐的僧人见我这般狼狈，都乐得笑出声了。想来，我真是有喜剧天分，站着都能变成别人的笑话。而后这几人热情地上前询问，还伸手去掂量了一下我那半人高的背包。他们“哇哇”地感叹起它的重量，还热心肠地表示，可以骑自行车送我去中国寺。

于是，他们一个车驮行李，一个车载我，组成一支“送亲”队伍浩浩荡荡地出发了，从远处看，行李的高度比车上的我还高出一截，他们调侃说，那是你的嫁妆。这背包对我来说确实很重要，它的价值已经远远超过了它的功能，累时可以倚靠，困时可以依偎，像亲人一样离不开它，更何况里面还有我记载旅程的两本日记。

他们把我送到中国寺门口，又去把主管住宿的僧人叫来安顿一番，才安心地骑车回去。这一路走来，遇到太多无偿帮助我的人，我想要多说几句感谢的话，但他们都微微一笑。

现在回想起来还暖暖的，感动在心中流淌……

◆那些帮助过我的异乡人，全留在了我的回忆里

（二）有缘人，何处不相逢

蓝毗尼寺院群面积最大的要数韩国寺、日本寺、缅甸寺和泰国寺，建筑风格各有千秋，尽显本国风范。中国在蓝毗尼建造的寺庙叫作“中国寺”，面积虽然只有前几国寺庙的二分之一，却是最受游客津津乐道的寺庙之一，也是中国有史以来在国外建造的第一座正式寺院，于 2000 年 5 月隆重落成开光。

寺院是由怀善法师亲自设计的，仿明清时代的两层皇家寺庙风格，飞檐翘角，虬龙盘旋，橘黄琉璃瓦与褐红色墙体形成强烈对比，大气明亮，凝重恢弘，无处不凝聚着他的汗水与智慧。

走入中国寺，几位僧人正准备诵经，我轻声问他们寺内能否住宿，他们以目前中国寺人手不够婉拒了我，并指着对面的韩国寺说，那里条件好，住宿也较为便宜。于是我谢过他们，转头向对面的韩国寺走去。

韩国寺在运河西侧，自筹而建的寺庙至今还没有完工，已近十五个年头了，灰色的水泥外表，显露出一种天然淳朴的气质，相比而言，对面的中华寺倒气派多了。

韩国寺住宿条件比较简单，房间地板上放着几张床垫，住客自带睡袋，20 卢比一晚，每个床垫对应的上方都挂着一个大蚊帐。晚上睡觉时，才感觉到这个小小功能很贴心。去时虽还不是盛夏，蓝毗尼却已有些炎热，再加上寺庙周围树林茂盛，如果没有这些蚊帐，大概会被蚊虫叮得浑身是包。所以，留宿的几晚，多亏大蚊帐让我免受蚊虫侵扰。我安心地睡了几个好觉，偶尔还有美梦来找我。

在这里住下后，认识了住在隔壁的一位台湾女孩，与我一样是从印度过境后，第一站到达了蓝毗尼，但比我早到几天。聊起两人的经历，发现我们有很多相似点，倍感亲切。她讲自己在印度的种种经历和对印度的留恋，她的经历更有戏剧性，感受更为强烈，因为不舍，她离开的时候蹲在马路边哭了好久才起身出发。

也许有人很难理解她当时的心情，看起来有一点太过矫情，但我懂，只有相同经历的人才有相似的感受。当讲起旅行的某个地方，彼此会有共鸣，对世界，对每一片经过的土地都充满了深情。

◆蓝毗尼有一种佛的气场，身在其中，敬畏之感油然而生

◆蓝毗尼是世界寺庙荟萃之地，图分别为泰国寺、和平塔、缅甸寺、中国寺、韩国寺

随着聊天的深入，我发现我们在性格上也有许多相似之处，年龄相仿，都有着倔强的性格，都有点傻里傻气，喜欢特立独行，而不愿随大流。也许是缘分，让我们能在这样的路上相遇，所谓何处不相逢，有缘人终归会相见。

寺院每天都有早晚课（寺庙的早晚课主要就是五堂功课，早上以《楞严咒》为主，晚上以《佛说阿弥陀经》、《大忏悔文》等为主），我与台湾女孩相约去冥想，就那么静静地跪坐着，耳边回响着诵经声、木鱼声，给人静谧安宁的感觉，轻抚人的内心。

在韩国寺我吃了几个月的咖喱菜，与中国饮食接近的韩国寺素饭顿时变得像珍馐佳肴般可口，菜虽简单，却天天不重样。厨师们用心调配，酸奶水果每餐必备。我也是第一次觉得，素菜原来可以这么味美。这些食材都是本地出产，没有农药不施化肥，保留了最原始的味道，就像韩国寺一样原生态和淳朴。此外，值的一提的还有大米饭，口感香甜劲口，让我一下子爱上了这里。

每到下午时光，吃着几位国人从西藏带来的牛肉干，晒着 20℃的暖阳，与台湾朋友闲话，韩国寺的生活悠闲快乐，别有一番风情。

（三）念念不忘的笑容

在韩国寺的几天，与台湾妹聊天，与几位国人闲逛，再加上博卡拉母女的陪伴，使得我的旅程多了一份不一样的快乐。

尼泊尔大部分民众都有自己的信仰，这对博卡拉来的母女是不远万里特地来此念经、拜谒心中的佛陀的。我习惯从第一印象的穿着和举止去判断一个人。小女孩叫 Maeni，穿着干净得体，落落大方，举止也不同于其他本地小孩，小国虽穷，但也有不少生活条件不错的家庭。Maeni 的家境相当于中国的中产阶层，她爸爸是来往中尼的商人，进出口生意给家里带来了富足的经济来源。

◆一张小明星般的面孔，初见她，就像是天刚亮打开窗照进来的那一束阳光，温暖明媚，眼神里总闪着星星亮光

Maeni住在我隔壁的房间，每个清晨我总是在她的笑声中醒来，清脆明亮。一张小明星般的面孔，初见她，就像是天刚亮打开窗照进来的那一束阳光，温暖明媚，忍不住想靠近陪她玩，听她讲话。

有时候我坐在门前的长椅上看书，她也会安静的坐在旁边，玩自己的裙角或是手里的佛珠，画了眼线的眼睛黑得透亮，不喜欢说话，但嘴角总挂着浅浅的笑；又有时候又露出小孩调皮的本性，拿着妈妈买给她的五星水晶棒在门廊前向我炫耀，伴着音乐轻巧地起舞，旋转跳跃，像个精灵。

寺庙的饭点非常规律，一日三餐，过点不候。Maeni和妈妈逛完其他寺庙会回来喊我吃饭，她在餐桌上小声地讲这一天的趣事，眼神里闪着星星亮光，问十万个为什么。本来就很爱逗小孩玩的我，遇见这么可爱的她，自然十分喜欢。

人越长大，就会变得世故，很难用最本真的态度对待人，所以还是孩子的Maeni，显得纯真自然。韩国寺游人来来往往，Maeni像个小鸟一样跳跃在他们中间，可爱纯真，惹得大家都想亲近她，拍照留影，一时间变成了韩国寺的小明星，而我与Maeni待在一起的几天，她重新教会了我看待这个世界的方式，你用诚挚开朗待人，为别人带来光亮的时候，你也同样收获真诚，收获感动和阳光。

在时间的催化下，即使是偶遇的陌路人，也会起化学作用，变得亲近。Maeni比我先离开韩国寺，母女俩赠送给我的一串佛珠至今挂在办公桌前的珠架上。看到它，我还会想起她的笑容，想起当时自己的心情，有她在，回忆变得快乐起来。

（四）平淡的内心，才有平静的笑容

蓝毗尼原是古时某代国王夫人的私人花园，并不是什么特别的地方，但因为挖掘到阿育王石柱才名声大噪，被世界所认知。这棵古柱极具考古价值，证明了佛祖释迦牟尼诞生于此。后来，荒废多年的蓝毗尼园经过不断发掘修缮，到今日已成为佛教圣地，在 1997 年就被联合国列入世界文化遗产名录。

蓝毗尼自从 1978 年建立佛教发展区后，世界各地的佛教组织纷纷来此报到，向佛主致敬。德国、韩国、日本、越南、缅甸、斯里兰卡……中国寺尤其气派显阔。寺庙分别分布在人工运河的两侧，到寺外租一辆自行车环游园区，只需 120 卢比，我因为行程较长，慢慢地步行是再合适不过了，一天去一个寺庙，沿途还有很多惊喜。

最喜欢的是佛园区早晚时的安静。天未亮，伴着黎明的微光，漫步在运河边，偶尔会有僧人从河边雾气中缓缓走出，特别有意境。这个时候游客很少，当地的车夫们不用忙着招揽生意，围圈打趣聊天。当你从他们身边经过，他们还会热情地邀请你加入聊天队伍，询问你要去哪里，可以免费送一程，纯净质朴的民风太让人感动了。

山间的平地上绿树成荫，云雾缥缈，白色方型的摩诃摩耶夫人庙，既庄严肃穆，又清秀典雅，朦胧的雾气更为它添了一层神秘的色彩。庙的池塘边有一棵巨大的娑罗双树，树干挺拔耸立，要七八

◆晨光里的蓝毗尼园特别有一种意境美

个大人才能合抱，宽厚的树冠下绿荫幽幽，佛祖当年就出生在这片树荫下，不过这棵巨树是释迦牟尼在其他地方亲手栽种的，后又移植到此。原来的那棵迎接佛主降生的树早已灰飞烟灭，万物皆向佛，怎能活得过佛陀。

阳光照耀着池塘里的池水，泛着点点金光，树下坐着众多的朝圣者，他们为了心中的信仰，不远万里来到蓝毗尼，为的只是浇注一壶灵泉，盘坐于娑罗双树下，感知佛祖，领悟生命的意义。

遇到印度南部毕加普的几位僧人，他们风雨无阻不畏险难，步行了 280 天才到达佛园，准备在这里生活三个月，每天除了睡觉吃饭，剩下的时间都在巨树下微闭双眼冥想，追随着佛祖。他们说，这一路看似艰辛，其实他们心里很满足，因为佛在心中。说完后指指自己，白白的牙齿微露，笑得很平静，也只有内心真正平淡之人，才会有如此的笑容吧！

我在树下双手合十，试着静坐了才近一小时，双腿就麻木得没了知觉，踉踉跄跄站了好久才恢复过来，可想而知他们修炼到每天静坐数小时，该需要多大的毅力，倘若心中无佛，必定难以坚持下去吧。

四月底的天气，正午在室外待一小会儿就出汗，这些僧人们裹着的橘红色僧衣，被汗水浸透，他们却丝毫不受困扰，仍闭目诵经，全无二心。整个氛围被这种靡靡佛音笼罩，我在他们后面站了许久，沉浸其中，像一种召唤，接受了一番洗礼，心情突然变得敞亮轻松，没有了炎热天气里的焦躁。再看着他们冥思的专注神情，仿佛佛陀坐定禅悟的情景再现，无形的力量感化着这里的每一个人，一时间，我有些莫名的感动，双眼朦胧。

世界和平塔气派肃穆，耸立的洁白塔身在烈日下熠熠生辉，映衬着池塘里的荷花愈加神圣纯净。此塔是由日本佛教徒耗资100万美元巨资修建的，塔基附近有一个日本和尚的墓，据说，他是在修建和平塔时惨遭反佛教极端分子杀害的。佛塔四面皆有佛像，穿着日式僧衣的老和尚跪在佛像前的空地上，边击手鼓边念诵佛经，两位年轻的信众跪在他的旁边念念有词。我不知道这是何种仪式，只是驻足旁听着，这里是蓝毗尼，佛在这里，用最宁静的方式，浸润着我们每个人的心灵。

◆为了心中的信仰，不远万里到此，只求浇注一壶灵泉，感知佛祖，领悟生命

◆佛在心中，其笑自静

1. 住宿

（1）韩国寺住宿包餐，RS300 卢比，设施条件较为简陋，日本寺可帮寺院工作换取食宿。

（2）Lumbini Garden Lodge 蓝毗尼乡村旅馆 RS 400—600

地址：Madhuwani-8，Mahilwaar，Lumbini，Nepal

这是蓝毗尼较为经济的住宿，设施条件在当地算中等水平，如果想到周边村庄游玩，旅馆老板有新推出的项目，可以自由选择。

（3）lumbini bamboo resort 20美元

地址：Mahilwar，Rupendehi，Lumbini 977，Nepal

如独栋别墅般的蓝顶建筑，位置不仅离佛园近，内部设施齐全，而且非常干净整洁。价格虽偏贵，但条件优越，还是值得的。

2. 餐饮

Fusion Garden Restaurant （蓝毗尼餐馆）

地址：Lumbini，Nepal

平时都在韩国寺吃饭，偶尔也到蓝毗尼的镇上换换口味。这家小餐馆在当地非常受欢迎，不仅ＬＰ推荐过，当地人也会说起它，煎饼和早点推荐尝试。

二 奇特旺，繁衍生息的乐土

（一）颠簸的世界才真实

从蓝毗尼到奇特旺的路崎岖不平，坐在车上像筛糠般来回摇晃，几乎能把心肝肚肺搅拌在一起了。由于早晨喝的水太多，五个多小时的路程，我的小腹迅速膨胀，像是自动充了水的气球，随时都有濒临爆破的危险，身体那个难受呀！

◆奇特旺的日落，总觉得这里的太阳格外地圆

其实认真想来，生活

中很多事情与内急很相像，一个人如果不懂得适时地把自己解放出来，不懂得休息片刻，当情绪累积到最高线时，早晚也有一天会在压力里失控。身体的感受和反应，是最直接最真实的语言，它在提醒我们心绪的变化，就像膀胱提醒排泄系统一样，嘿，时间到了。

面对积压的情绪，我解压的方式就是旅行。我喜欢旅行，不是简单地想要把身体移到某个地方，而是因为在路上所遇不同的人和事，每每都会带来新的启发，教会我用新的眼光看待生活，真实的世界，有太多种可能，这颠簸的路途给我新的灵感。

行在路上比较漫长，我反而有时间认真观察自己身体的各种反应，某个部位或轻或重的痛感都格外留意起来，比如在印度时胃部不舒服，就回想所吃的食物和所饮的水是否有问题，即时处理避免痢疾；比如处于50度高温的缅甸，在室外步行一两小时很有可能中暑，从轻微头晕就要认真观察，以防更厉害的症状……

当你给了身体机会，它也会反馈些什么给我们。独自旅行在外，总是会因水土不服生出小毛病，这时才认识到，有些人只能陪你走一段，没有谁能陪你走一路，真实的世界里只有自己能随时关照自己，或寂静孤独，或接受嘘寒问暖。每一个细节，让自己更容易感知身体的变化，让自我成长的感觉也越来越明显，接纳、感受痛苦，关爱自己，反而让后来的旅程越来越顺利，也越来越适应。快乐的感觉多了，负面的情绪就少了。

颠簸不断，震颤继续，我强烈要求司机停车，走到黑漆漆的路边痛快地解决内急。唯有释放过，才明白那种畅快。

释放情绪，大概也有同感吧？！

（二）密林心脏

走了很久，终于看到警示牌“注意，有老虎出没”的提醒，这说明目的地快到了，晕乎乎的感觉也终于可以消停了。

奇特旺国家公园，是印度河延绵到缅甸的原始森林中的几处孑遗之一。早在 1973 年就被列入世界文化遗产，曾经的皇家狩猎地，如今被开发成继博卡拉和加都满都之后，尼泊尔的第三大旅游区。巨大的娑罗双树和无数种不知名的植物为野生动们提供了一个巨型游乐场，全世界仅存的 500 多头独角犀和数量极少的孟加拉虎也都集中这里。

这里传统的游览项目通常有骑象、划独木舟以及徒步穿越密林，这次我也不例外，选择乘大象的方式在丛林中探险，寻找野趣，想要一睹犀牛的真身风采。

清晨，雾气弥漫，丛林笼罩在一片朦胧氤氲的环境中。坐在重量级冠军的厚背上，我们瞬间变成了大象身体的一部分，随着它身体摆动的节奏，在丛林中一条条山路上缓慢安静地穿梭，小声说话，把音量拧得一低再低，生怕打扰到丛林深处的生命。

距离只有几米远的犀牛母子却对我们视而不见，照旧低着头专注吃食；梅花鹿只是抬头看看大象背上

◆世界上数量极少的独角犀牛几乎全部集中在奇特旺，大多数游客来此都为目睹它和孟加拉虎的风采

新长出来的组织，而后继续在林间嬉戏；雄性野孔雀在空地上奋力地展示自己的尾羽，像在孤芳自赏，又像是故意吸引我们这些异类生物的注意力；还有各种叫不出名字的鸟们，它们清脆的声音几乎贯穿了整片森林。在这里，我们不仅仅是旁观者，更像是它们的邻居，在这里，人与自然界的限似乎已经模糊了。

坐着独木舟顺流而下，清澈的河水可见丝丝水草，水从指缝划过，还能感觉到它的柔软。手未缩回，就被向导警告，水下暗藏危险，这些年鳄鱼频频出现伤人事件，时刻提醒游客注意安全。

晴朗的天气，鳄鱼会在岸边晒太阳，温度稍低时便会潜在水里取暖。我们顺着向导的手势看去，河岸旺盛的青草边，水鸟们专注寻找着食物，鳄鱼暗潜在附近伺机出动，这幅鲜活的画面，很好地解释了“螳螂捕蝉，黄雀在后”这句成语，大自然像一本活生生的教科书，更像是一部动物界的血泪史，唯有强者才能让物种延续。

◆弱肉强食是动物界的血泪史

明明知道自然的规律不可违背，生死有定，各有命运，我心里还是固执地暗暗为那几只水鸟祈祷、焦急，变幻时空，我不过是在为自己生存的这个世界的弱者祈祷，做些无用的事而已。

算了，还是继续看鳄鱼吧。

（三）有信仰的驯象人

比起风景来，我更喜欢收集人的故事，每每遇到有趣的人和事，总是压不住好奇之心，想要上前探访。丛林探险时遇到的象夫Jain，脾气极好，终于耐不住我的软磨硬泡，答应隔天带我去象园参观，并给我讲了一个关于他自己的故事。

◆ Jain 与他的同伴每天一起为各自的大象收割草料，日复一日，循环往复

Jain 是塔鲁族人，族人们很有舞蹈天赋，就像国内的少数民族一样，闻歌便能起舞，热情又大方。当地有专门供游人观赏的塔鲁棍舞团体，他本来有机会加入舞蹈团，但因为对大象的喜爱，更喜欢与大象在一起的工作，六年前，他毅然选择了现在的旅游公司，一直陪着公司分配给他的母象。

这头 20 岁的母象，有着好听的名字——米娅。大象是雨林生活的活闹钟，每天凌晨 4 点半，米娅便准时醒来，晚上睡在它旁边茅屋里的 Jain，几年来的生物钟已经调整到与米娅一样，同寝同醒。每天的这个时候，Jain 就开始照顾米娅的饮食。

吃饱喝足，再固定好柔软的象鞍，准备好进入丛林的一系列工作，八点钟准时带着游客出发，他们的一天，就是这样开始的。

◆米娅是 Jain 的生物钟，同睡同起，再一同工作

◆大象是雨林生活的摆渡者

大象食量惊人，每天要消耗掉 100 公斤左右的食物和水，Jain 在每天结束丛林探险活动后，都要收割好多捆象草驮运回来，其中一部分还裹着稻谷，以保证米娅的能量需求。在旅游公司，每人只分配一头大象，看似一对一的服务，工作量很大，一点都不轻松。

Jain 说，自己刚入职的时候，不仅要适应收割大量草料、然后搬运回来的体力劳动，还要训练大象的各种能力。在丛林颠簸一天十分疲惫，每天都累得全身酸痛。身体的适应能力总是会被累积的时间征服，几年下来，越来越适应了这份工作，更主要的是与这头母象也有了深厚的感情。说完，他轻轻地抚摸着吃草的米娅，满脸

的喜悦和关爱。

在印度教里，大象即是象头神，寓意着为人们去除障碍，主管科学和艺术，又是智力和智慧、财富的象征，受众人敬仰。Jain是印度教徒，他觉得能与充满神性的动物工作，即使日日重复，看似辛苦，却仍是一件特别荣耀的事情。

有信仰的人，因为满足所以幸福，Jain 便是如此。

1. 奇特旺住宿

（1）奇特旺客栈 Chitwan Rest House 300—600 卢比

旅馆内设有餐馆，便宜实惠，另外小花园很惬意。

（2）奇旺旅行小屋 Chitwan Safari Canp & Lodge 150—250 卢比

（3）雨林宾馆 Rainforest Guest House 120—200 卢比

2. 饮食

（1）River sunset Restaurant 河边日落餐厅

地址：位于 Sunset Point 的 Chitwan Tiger Camp，即沙滩边一长排的休闲餐吧内，人均 250 卢比。

（2）Chitwan Restaurant 奇特旺饭店

位于沙滩边的简易餐馆，吃早餐的好去处，人均 200 卢比。

三 博卡拉，连绵的雪山没有尽头

（一）川菜馆里的思乡曲

凌晨四点半起床，这么早出发，只能自己扛着行李走到门口了。意念里的坚持，有时都是被激发出来的，因为你知道再没有别的选择。负重几十公斤的大包平时最多走十几分钟，现在到佛园门口大概要走近半小时的路程，背包在肩上越走越觉得沉重，心里开始暗自打气，默念有词，一路伴着呼吸的急促声和强烈的心跳频率。

背包丢到车厢的瞬间，极限又一次被打破了，意念控制的潜力，总是远远超乎自己的想象。在路上的这些日子，我学会了一种精神，叫作坚持。想起遇到的那些以为不可能做到的事情，在心理暗示下咬牙逐个克服的困难，才意识到潜能无限，我们需要的只是被激发需要坚持下去的毅力。

在蓝毗尼韩国寺遇到的中国人数量比整个行程里遇到的总和还要多，说着熟悉的普通话，虽然我们聊天的声音有时会影响到其他国家的游客，有时不得不提醒同伴小声礼貌些。但我心里真是觉得亲切，这种感觉来自相同的文化体系里，无论在哪儿，成长的地方总是牵动着记忆最深处的情感。

与几人自发组团结伴到了博卡拉，慕名寻找燕巢旅舍，来此的国人多了，使得尼泊尔老板也能用流利的普通话沟通了。国人因为没有语言障碍，扎堆在这里，这种感觉又让我想起西藏的青旅时光，打牌逗趣闲侃，吆喝着再来一罐冰啤，将畅快进行到底。

这里的中国餐馆很受欢迎，尤其是兰花餐厅，这是我在几个月旅行中吃到的第一顿正式中餐。四川菜式，店内的软饰布置、盘碗勺筷全部从中国运来，配有寿星龙凤等典型的古典图案。一道道家常菜，麻辣豆腐、回锅肉、宫爆鸡丁……久违熟悉的味道，伴着店里播放的怀旧歌曲，余音绕梁，把想家的思绪一缕一缕地拉出来，被湿润的眼眶，忙用纸巾擦干，生怕同伴们看出我的心事。我要的并不是几句安慰，免得徒增烦恼。

那些在国内并不感兴趣的歌曲，因为这段经历生出了别样的情怀，时至今日我还记得当时

◆离家越久，越是想念中国味

两首歌的名字，《情非得已》和《水中花》，它们更像是一种纪念，纪录和怀念着路上的心境。

预计归期将近，在离家愈近的地方，就越是想家。旅行前的那么多年，一年只有在春节放长假才回一次家，那时候对家的怀念似乎没有那么强烈。早已习惯独自生活，独自面对所有的委屈和悲伤，在旅行多月离家越来越近的时候，突然越来越想家。

也许是走得太远了，远到在不熟悉的环境人群里不断地停留和转换。也许，流浪只是为了寻找回家的路。

（二）雪山与萤火虫

博卡拉处于喜马拉雅山谷地，依偎在终年积雪的安娜普纳山峰和鱼尾峰下，世界上14座海拔8000米以上的高峰，8座就在尼泊尔，它的受欢迎程度可想而知了。这里是可以看到诸多雪山的最佳地点，也可谓徒步登山者们的天堂。

起先的几天，我还是按照老习惯，坐在旅舍的阳台上发呆、看书、写字、听音乐，远处清晰的雪山，随着太阳的起升降落，每一天都被披上不同的衣裳，变换着装束，每一种都各有味道，简直美得不像话。旅行时，只有慢慢去品味一个城市和欣赏它的风景，才能发现它的美好和不同，幸好，这一年我有充足的时间。

费瓦湖是尼泊尔的第二大湖，也曾是皇家的度假胜地，湖水清澈，湖面平静如镜，雪山倒映在湖心，这是博卡拉最迷人的旅游胜地之一。下午的时候，从街市溜达到费瓦湖畔，几个纽瓦丽姑娘笑

◆坐在阳台上，一杯咖啡几片面包，伴着远方的雪山美景，每一天都是从这样的早餐开始的

颜如花，边收起晾晒半干的衣服边与我闲聊。

她们依旧用传统的手工捶打、揉搓方式清洗衣物，邻里几人相约来到河边，在木棒的起起落落间，谈天说地，这是一种增进邻里感情最好的沟通方式。我的童年印象里也有相似的画面，大人们用传统的搓衣板清洁衣物，彼此间聊着各家之事，讲到开心时，爽朗的笑声能回荡很久，我和小伙伴们一起玩摔泥巴游戏、捉泥鳅，完全就像个野小子，像费瓦湖畔的小孩一样淘气，区别在于那时我们围绕着的是一口大水井，而这里是清澈的湖泊，但记忆是同样温暖的。

◆尼泊尔式的爱情

B-CEM
90

湖边有船可以租赁，乘船收费，但风景是免费的。漆成天空蓝的小船，在宁静的湖水中荡起一层层涟漪，悠悠地向远处的雪山靠近。我独自坐在船头，沐浴着冬日阳光，暖烘烘的感觉，太想闭眼入睡。

湖心岛上也有许多住宿的地方，只是价格昂贵了许多，如果只想去岛上参观，坐免费摆渡船便可到达。我对此岛兴趣寥寥，更关

注的是倒映在湖面上的雪山，安纳普尔那峰在光线的变化里又开始换装，我坐在船头从远处静静地观赏一场变装秀，这样也很好。

◆乘着天蓝色的小船荡漾在费瓦湖心，远处是倒映在湖面的雪山，近处是冬日暖阳的沐浴，悠然自得

生在湖边的当地人水性极好，远处看到几个年轻小伙从游船上一头扎在水里，游到好远的地方才露出水面，我身为旱鸭子只能望湖兴叹。我的船夫是位近 40 岁的大哥，他说，不会游泳。傍晚时，很多人会靠近岸边看萤火虫，如果我想去，就加个价。看萤火虫，这是很小时候才有的经历，能在此处再见，便欣然前往。

萤火虫对环境很敏感，它们像是环境指标，只有在干净的草、干净的水，和没有光污染的天空下才能存活，而我们生活的城市早已被各种污染充斥，哪能容得下它们。傍晚，天色渐黑，尼泊尔大哥拿着手电慢慢向湖边靠近后，就看到一条几十米长的小径，两旁飘满了萤火虫，一闪一闪的荧光色，顺着一旁高高的树梢，一直蔓延到天上，和天空中点点繁星交融在一起，根本无法辨别哪些是星星，哪些是萤火虫。

还记得《阿凡达》里的场景吗？这里仿佛是繁星顺着树梢从夜空中一直撒落到地面上，像极了电影里飘满透明树精灵的画面，

似梦似幻。

想必，导演也见过此般美景，才能创作出那么生动逼真的景象吧？！

船夫大哥捉一只萤火虫放在手掌心，一闪一闪，通透明亮，我想，摘星星的感觉也大概如此这般了。看着它，过了许久，才悠悠地上船返程。

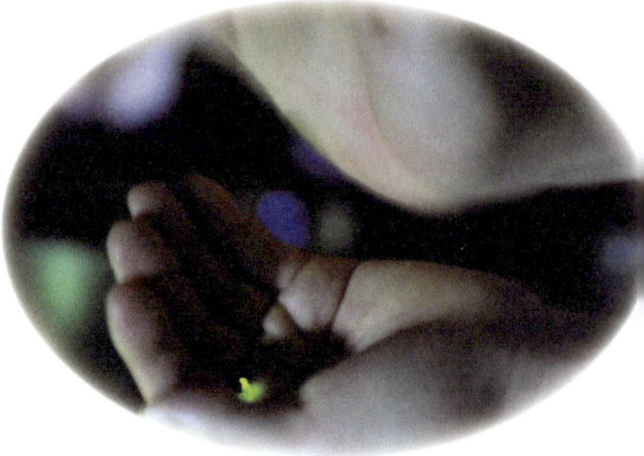

◆船夫大哥捉一只萤火虫放在手掌心，一闪一闪，通透明亮，摘星星的感觉也大概如此这般了

◆静谧的费瓦湖

（三）借我一双翅膀

这不是一种幻想，也不是一种痴狂，这就是我坚信的灿烂生命的模样，就是飞翔的感觉，就是自由的感觉，就是挣脱的感觉，在洒满鲜血的天空，迎着风飞舞，凭着一颗永不哭泣勇敢的心。

——《勇敢的心》

自从听到这首歌以来，我就无数次幻想一个画面：独自站在山巅，双手伸展，迎风欲飞……

从那时开始，去寻找能实现这种感觉的方式就一直没有间断过。在世界的版图上越走越远，行到博卡拉，看到徒步雪山和滑翔伞的那刻，我有种直觉，就是这里了。

博卡拉滑翔伞只适合在每年 10 月到次年 4 月的好天气开展，雨季来临，危险系数加大时便会停止。这项运动在近几年大热，提供这项服务的公司也越来越多，博卡拉就已有 20 多家，价格相差不多，20 分钟飞程，价格在 80 美金左右，选一家安全可信赖的才最重要。

前几年一位韩国男生在滑翔中发生意外，不幸身亡，教练们对这项运动的安全意识更加重视起来，谨慎处理装备，基本一年一淘汰。不仅要买质量好的，每次飞行也一定带备用包，危险行业，预备工作一定要做到完美。

寻着地址找到 Blue Sky Paragliding，是几位旅友集体向我推

◆向下望去，山谷城市十分静谧与美丽，围绕在碧绿的费瓦湖边，远处是圣洁的雪山，天空飘着的五彩滑翔伞，使得整个画面愈加完整生动了

荐的一家，据说已有十多年的滑翔伞经验，这么多人推荐，想必是值得信任的。交钱、办手续、签保证书、等出发通知，简单之极，这个靠天吃饭的行业，天气的好坏决定着飞行时间。

闲散了两天后的早晨，我正在享受阳光，接到通知我们可以出发了，教练与旅客一对一服务，总共 5 对，人一到齐，车子载着我们一行人向山上驶进。50 多分钟的车程，与教练聊得不亦乐乎，不觉间，已到达位于半山坡的据点。

我的教练是来自德国的漂亮姑娘 Susanne，40 岁的她，已经有 20 年的从业经历，与大部分的外国教练一样，冬季来到博卡拉，雨季来临后返回自己的国家从事第二份职业。Susanne 的丈夫在德国有一家户外用品店，平时打理店铺，冬季会带着女儿来博卡拉陪她小住一段时间。再过几天，Susanne 就可以到机场迎接他们，一月后，一起返回德国。

Susanne 有一个 8 岁的漂亮女儿，放在手机屏幕上的小女孩照片，脸上还有浅浅未褪去的色斑，长着一双像她妈妈一样的大眼睛，闪闪有灵气。幸福家庭的甜蜜，总是让人绽放出一种光彩，Susanne 讲起女儿和家人，浅浅的笑容里饱含着温暖，让我这习惯单身的人都有些羡慕了。

◆飞行在壮丽的雪山面前

早已轻车熟路的教练们迅速整理好装备，把各自的旅友安排在座位上，旅友在前，教练在后。跟着教练的口令，跑步向前冲几步，双脚轻轻离地，便开始了在空中飘荡的旅程。在等待的四五分钟里，看着同伴们迅速起飞，我眼神里露出了一丝焦急，Susanne 看出了我的急切，安慰着说：“放心，你需要的只是等待。”

很多时候，面对想解决的事，我总有种急切的心态，想要立刻或是马上去完成，却疏忽了事情自然发展规律。朋友总说，你要等一等，事情的发展并不是你想象的样子，急切只能自找烦恼。常常跟朋友们聊起各自的困惑和纠结，工作生活里种种的不如意，再为彼此排忧解难，我也常用“慢慢来”这句话安慰她们。

现在回想，我所知道的道理很多，但在生活最真实的细节里，一旦言表才发现，原来，还是自己的修为不够，就像一个虚伪的表演者，只演给别人看。

简单的道理背后蕴藏着深厚的智慧，深入浅出地传递着最精髓的真理，是的，此时我需要的只是等待。

回神，Susanne 命令我跟着她向前直着跑，不要停，她在后面同步，我脑子里一片空白，几步之后，身体还没有来得及适应奔跑的节奏，双脚已经腾空暴露在自由的味道里，兴奋的感觉一下子涌

◆起飞，你需要的只是等待

了上来，摆动着双脚，试图感受云的柔软。

飞行平稳后，我轻轻松开握伞绳的双手，两只胳膊平展，风声猎猎，从指缝穿过，从身边掠过，时而有丝丝轻柔，时而有撞击感，这也许就是飞翔的感觉，就是自由的感觉，就是挣脱的感觉，我想说，我是一个流浪的过客，在这里感觉真的很好。

顺着气流渐行渐上，Susanne 开始教我掌控滑翔伞的方法，双手松与紧控制滑翔伞的下降和上升，左右拉手分别调整飞行的左右方向，使劲拉一侧的绳子，还可以打转，看似简单，实则操作起来不易，新手上阵，总摇晃不稳。向下望去，山谷城市十分静谧与美丽，围绕在碧绿的费瓦湖边，远处是圣洁的雪山，天空飘着的五彩滑翔伞，使得整个画面愈加完整生动了。

下降点在湖边的空地上，漂到湖面上后开始下降准备，Susanne 重新控制滑翔伞。我问她，俯冲时会不会有刺激，她立刻会意到我的表情，想要刺激就来俯冲吧。大拇指向下比画出直线下降的手势，而后拉动绳子，滑翔伞像一匹野马般疯狂地向下奔去，呼呼的风迅速把我的呐喊声吞没，眼前的风景像电影快进般掠过，刺激到自己的心脏都快要跳出来了。

从几百米的高空降到湖边空地只需短短几分钟，重新回落地面，双脚恢复地心引力时还带着绵软感，跑了几步才停稳，脑袋里回味着刚才在天空中飞翔和俯冲时的刺激感，意犹未尽。难怪 Susanne 和教练们这么喜爱这项运动，谁不爱自由？谁不想追逐生命原始的味道？

在博卡拉，我借着这双翅膀翱翔天空，迎着风，像只小鸟。

我爱这自由的感觉。

（四）徒步环线，要的就是毅力和坚持

博卡拉一年四季都适合游客到达。10 月到次年 3 月是旱季，白天阳光明媚，很少会下雨，这是最佳旅行时间。4 月至 9 月雨季来临，大多数经营徒步的代理机构都会歇业，如果想来这里徒步，选择这个时间就很不适合。

燕巢旅舍的服务一体化，相关信息特别齐全，连不丹的各种行程都可

以在这里咨询办理。徒步根据个人情况有长、短线多种选择，其中最著名的三条是：为期 4 天的 Poon Hill 小环线；为期 7 — 10 天的安娜普钠大本营环线（ABC 线）；为期 12 — 16 天的安娜普钠大环线（EBC 线）。徒步是一项考验体力和耐力的活动，我犹豫再三，还是量力而行。4 天短线徒步，隔三日出行，期间要进行出发前的有氧训练。

◆徒步的路上，能安慰疲惫的就是大自然的美丽

徒步者们从小镇南崖铺启程。我的向导是steffen，从事这行七年，曾三次作为背夫登顶珠峰，虽然这个成绩在业界不算什么了不起的成就，但我却对他敬佩有加，尤其是自己亲自体验环线之后。

随着海拔的攀升，一减再减的背包仍有沉沉的坠感，脚步越走越重。这让我想起2009年在西藏山南的爬山经历，当时因为想去最高处的寺院聆听女上师们的诵经声，便与几个同伴爬山而行。在近四小时里，已经有很多年爬山经历的朋友华清，不断提醒我们爬山的要诀——“注意呼吸，调节步调，保持前进，不要停”。多年后的今天，尼泊尔向导steffen的教导，与华清的要诀如出一辙，有了先前的经验，再慢慢地调整适应，进入状态就容易多了。

这四天，几乎每天徒步7—8小时，每每路过村庄，都会看到几家家庭旅馆和简陋的茶餐厅，在这些地方不断喝茶补充能量，再继续爬升，而后在高海拔的旅馆里住宿。有时单调的行走里也会有很多惊喜，各种从未见过的珍稀花木，野生菌种，可食用的还可以采来让餐厅烹调，这才是地地道道的尼泊尔味道；沿途的优美景色，也不可错过。

都说最美的风景在路上，这是徒步人的幸福，发现这些乐趣的同时，疲惫感也会转移注意力，脚步也相对轻松起来。

从Poon Hill的山顶瞭望台看日出，初升的朝阳将安纳布尔纳山脉的南峰、一号峰等六座雪峰映照成金色的瞬间，是最壮美的时刻，我完全被眼前的气势震慑住了。这时回想我们这一路的辛苦跋涉，一切都值了，我相信这也是徒步者最难忘的地方。

旅行以来，从海到山，磅礴前行。现在，我终于明白，自己

◆踽踽行进其间，亲手触摸山的肌理，才明白为何对山如此迷恋

为什么对山如此迷恋。踽踽行进其间，亲手触摸它的肌理，排除万难登顶的那一刻，除了对它雄性的伟力和冷峻外貌的赞叹外，还有“登高望远时，一览众山小”那种包容、气概和胸怀，简直太震撼人心了！

（五）每个人生都是一部不可复制的微电影

在博卡拉这些天，除了偶尔吃尼泊尔餐外，三餐几乎都用中餐果腹，吃得次数多了，一些餐馆就变的像家一样，吃完饭还可以自在的闲坐发呆，老板变成朋友，在温暖的下午，细说起往事。

耀光餐厅的老板，有个跟店铺一样明亮的名字——光明，理着板寸头的后脑勺，正中留着一缕 20 厘米左右的长发。曾在印度见过的婆罗门祭司们，也有剃头留一缕头发的习俗。光明说，在尼泊尔，男子留这样的发型，通常表示家里有亲人故去。我看了一眼那缕长发，心想他必是有私人原因吧，他不说，我更不便多问。

光明 40 多岁，但看上去年轻很多，是个精明的福建商人，也去过很多地方，所有的标签拼在一起，似乎只能用一个普通的生意人概括。当我谈及自己的工作和困惑时，光明把话锋转过，说起了自己的经历。

◆山青水绿的博卡拉，深藏着多少故事

几年前他还是建筑商的时候，曾接过一个工程，负责修建缅甸的一家地下赌场，后来因赌场吸引的内地豪赌客数量之多，引起了云南公安的重视，冻结了这家赌场在香港的数亿资金，赌场在中国的承建方负责人也难免其责。数次催缅甸赌场老板交纳罚款无效后，最后作为承建方负责人的光明，当了替罪羊，判 2 年有期徒刑，此案才得以了结。

跌宕的人生多磨难，那时的光明，事业风生水起，却意外被牢狱之灾打倒在谷底。温暖的下午，柔和的阳光斜照在他的脸上，平和淡然，诉说的过往如轻烟飘散；千帆过尽，留下的是他对人生的重新认识和理解；再次上路，这些起伏历练才让他对生命有了新的定位。

光明在国内投资了多家青旅和饭店，每一家店都对应着一个慈善对象，这家饭店的援助对象是尼泊尔巴德岗周边的一所小学，每个月抽空去一次，每次为他们带去所需，自己收获的是心灵的慰藉。

牢狱生活对他来说，是灾难也是一个思考的机会，做慈善的构想就是在那时萌发的，讲起慈善，他颇有见地和想法。我曾在泰国、印度、老挝等地拜访过孤儿院、小学校以及著名的仁爱之家，当我谈起在印度菩提迦耶小学看到的情景和对创办人的敬佩，仁家之家德兰修女的伟业，泰国清迈大叔修建 50 座小学的壮举，等等，再对比起国内一些慈善机构的行为，口气里总带着忿忿不平。

光明却分析得更全面，每个做慈善的人，初衷都是向好向善，事情的发展有时并不像我们想象的那般，只有认真了解和参与后，

才会有真正的认识，理智、客观的态度不是中庸，是真正智慧的体现。有时他的做法也会不被人理解，他总是选择一笑而过，用包容和宽待的态度面对误解，沉默，有时是最有力的武器。

光明像一位绅士，说话轻言细语，一双桃花眼总是含情脉脉地看着对方，真不知会有多少人会迷恋他这双眼睛，前一年死党来这里，就对他的印象颇深了。问起他的家庭，原本幸福的一家四口，在他入狱后，妻子带着孩子也离开了，说话间他的眼神里闪过一丝忧伤，那是他对两个孩子的想念，自从出狱后，就再未回过福建老家。

我说，那时你一定一无所有了吧，他笑着说“一无所有是真正拥有的开始”。这是一句佛家语，只有千锤百炼之后的领悟，才会这么彻底吧。

通过这几天的交谈，使我对他的印象有了很大的改观，对于他没有哪个标签可以定义，这个定义本身就是一种不成熟的行为。

每天记录时，都想把这故事幻想成一部微电影，本子上每一个人物的人生历程，就像是我生命里的成长刻度，在不同时期给我新的想法，也像明灯，指引着方向。

（六）成长，长成自己的样子——苍山学堂

在耀光餐厅吃饭，还经常会遇到一位 50 岁左右的大叔，他身边还带着七岁的小女孩和小男生，在攀谈中得知，小女孩是他的女儿，小男孩则是苍山学堂的学生，这次来尼泊尔是国际游学之路的

其中一站。

通过他们，我才第一次了解到苍山学堂。校长陈阵原来在北京经营网络公司，妻子是企业高管，赚足资本后，因为长时间累积的对都市生活的厌倦，夫妻俩便想重新寻找一个适合居住的地方，两年有余，走访全国多地，最终确定了大理，租了一块土地，建了“云”客栈，还有依山傍水与自然融为一体的苍山学堂。

这是新式私塾式学校，就像招生简章里写的，“只招募志同道合的人”，苍山学堂是由有同样理念的家长出资建设的，教育模式模仿英国夏山学校，孩子们可以自由选择开放的课程，必修课是爬山、书法、橄榄球、读书、辩论、看电影等，不设固定的课时，开课的原则是孩子的兴趣，孩子们喜欢什么就开什么课程，老师都是有国外经历并能与孩子有良好互动、能够激发孩子的兴趣的归国人士和外国人。

在这里，不送孩子上任何培训班，不给孩子增添任何压力；不替孩子规划将来，发现孩子的兴趣所在，鼓励孩子做自己喜欢的事情。自由开发和培养孩子的兴趣，让孩子充分接触大自然，通过爬山、游泳、徒步等亲近自然的方式锻炼孩子们的体魄和意志力，这是一个以“快乐童年和健康青春”为理想的学堂。

夫妻俩建这所学堂的初衷不仅是对城市生活感到疲倦，还因陈阵面对儿子每次写作业时垂头丧气的不开心，他有了让儿子“在家上学”想法和并对现代教育进行反思。陈阵坚信，做自己喜欢的事，知道自己想要的是什么，就能乐在其中，决定挑战传统教育模式的他，吸引的几位志同道合之人，不远万里来到大理。苍山学堂初建时只有 4 名老师，正式开学一周就招来 5 名学生，至今，学堂也只招收 15 名学生，以保证苍山学堂有足够的精力和时间教学，保持每个孩子的独特性。

后来经得家长们的同意，还带着孩子踏上国际游学之路，去东亚、东南亚国家，进行学习实践。据说以后每年都扎营大理一学期，环球游学一学期，游学是艰苦而有趣的过程，自然也是很有收获的。4 月初，从第一站老挝开始，第二站是柬埔寨，第三站是泰国曼谷，每一个国家三个体验点，孩子们自己查资料，设计出方案，然后由大人讨论选择较好的方案中标，进行有偿的采购游学行程。“经历旅行，我不再是我。”陈阵用格瓦拉的方式，以游学的形式，教育孩子们用他们自己的眼和心，研读历史，解读真实的一切，通过学习不同的语言，让孩子学会不同的思考方式。

参观苍山学堂，我不禁回想起自己的童年时光。那时家中我排行老二，父母对姐姐和弟弟的管束更严格，但由于我不太好管，索性就放养，调皮的本性得到了自由的发挥。在乡下，一到夏季小河里的泥鳅就开始疯长，我脱鞋踩在泥里捉到忘记时间；河旁的沙枣树，开花时的香味随风弥漫全村，爬到树上摘几支放到铅笔盒里，上课还沉浸在香味里，那时就感觉最自然的味道才最美；秋天的沙枣通红通红地垂在枝头，我便和伙伴们分工，有了合作才有分享，有爬上树干摇树枝的，有在树下捡枣的，成熟的沙枣啪啦啪啦地打在身上，也止不住拾枣的兴奋；初秋的降雨后，腐树根和青草堆里长出的大捧新鲜蘑菇，每次都能把篮子装到满溢，还有种种奇特的

小菌种，我总是好奇的寻找着，对未知的世界，我总是有种探索的欲望；还有爬到十几米高的白杨上捉虫子的勇敢，玩补泥巴游戏掌控水和泥巴的平衡感……

我的童年对课业的记忆并不多，满脑子都是幸福时光的怀念，童年的生活，简单却又快乐，而我自己的性格大概也是在那时形成的。独立，自由不羁，风风火火，常被朋友们调侃成“二”，还有意识里对团队的认识，对美的欣赏，对自我探索的好奇和坚定，面对困难不畏不惧的勇敢和坚韧。都说童年的细节会影响人的性格，伴随一生，除了我自己外，身边的许多朋友在说起自己成长经历时，都与我有相似的感觉，童年在潜移默化地影响着我们身边的每一个人。

在工作多年后，我给自己放假，选择了一条游学的道路，路线遍布亚洲多国，也曾体悟过柬埔寨、泰国、老挝的生活，在感受异国不同文化的同时，世界观和想法以及身体素质也改变颇多，在这点上，我也为陈阵点赞。

在博卡拉遇到的这位大叔，一是为了在游学时看望孩子，二是来体验并感受一下苍山学堂的教学。他说自己也是农村出身，每次看到自己的孩子被课业和各种培训包围，心里总是有种委屈孩子的感觉，多方打听才得知苍山学堂，便决定让孩子来试读一年。我把自己的游历收获与他分享，每当讨论起苍山学堂，心里就对陈阵升起了敬佩，敢于向传统教育挑战，能走出第一步的人，是值得让人生肃然起敬的。

现在的孩子，我不知道他们到底幸不幸福。他们没有自由的时间，要面对永无止境的作业、枯燥的应试考试、死板的教育模式……但他们又是衣食无忧物质优渥的一代，父母也有能力帮助他们追寻梦想的生活和理想的教育，远离都市回归自然。想来人生真是矛盾，有的人从小一无所有，只有单纯和快乐，而有的人生活无忧，却要回头寻找生命里最初该有的那份简单。

前几年在北京参加过的一个机构培训，是致力于帮助每个人发现自己的潜能和爱好，从而选择适合自己职业的课程，有一句宣传语“成长，长成自己的样子”，就是对成人成长过程重新认识后的新定位新方向，它的理念与苍山学堂近似，前者针对成人，而后者是从孩子们做起。

因为那段课程以及自己和身边朋友的经历，觉得苍山学堂就是一个典范，无论它成不成功，是否被多数人认同，但我相信它是对的，因为我也相信对智慧或未知世界的渴求本就是孩子的天性，在愉悦自主的学习氛围中，孩子自身的求知欲会得到最大的发挥，给孩子健康快乐的童年，给孩子理想的教育，就是给他幸福。

1. 住宿

（1）燕巢旅舍 Hotel Eagle Nest　多人间：300 卢比

地址：Pokhara-6 Lakeside Nepal

E-mail:khim_kumer@yahoo.com/helen800705@yahoo.cn

一位中国姑娘嫁到尼泊尔后，与丈夫一起开了这家旅舍，大部分都是中国人入住，干净卫生，徒步、漂流等户外运动均可在这里报名，一站式服务。

（2）Hotel Nirvana　450卢比

地址：Palikhawa Road | Lakeside，Pokhara，Nepal

房间干净整洁，宽敞明亮通风，靠近湖滨，附近还有很多餐馆可选。

（3）Nepali Cottage　三人间400尼币

地址：Pahari Marg，Pokhara 977，Nepal

房间和床铺很干净，可以看湖景，超值的湖景房。

2. 餐饮

（1）兰花川菜馆

地址：Lake Side，Pokhara

这里像国人的聚餐地，川菜也入乡随俗，是改良过的，对于在尼泊尔没什么可吃的人来说，偶尔来调节一下，也是不错的选择。

（2）Lhasa Tibetan Restaurant

地址：Lakeside East，Pokhara，Nepal

经营很多年的餐厅，有各种藏式菜肴，推荐藏式火锅，还有热的青稞酒，价格也很公道。

（3）Krishna's Kitchen

地址：Happy Village，Khapaundi-2，SarangKot，Pokhara 33700

一位朋友从LP（旅游杂志《孤独星球》<Lonely Planet>的英文缩写）上发现了此餐馆，亲自尝试后又推荐给其他旅行者。尼泊尔虽小却藏着世界的厨房，这家泰国菜馆的位置较偏，但菜肴值得一品，自制的豆腐特别推荐。

四 加德满都，行者的世界

（一）旅行可以让世界变小

博卡拉的早点摊，大多是移动小贩摊点，这很像家乡小县城车站里，那些穿梭在每一辆车厢间，手挎竹篮有节奏吆喝的大叔大婶们。小贩笸箩里刚烤完的面包还散着香气，虽巧克力酱味道不浓郁，面包却意外地香甜，吃一口，松软到能拉出丝丝的质感。

7:30 分出发，汽车在山路上迂回弯转，向窗外望一眼，看到路侧陡峭的悬崖，让人有点胆颤；经过修补多次的路段时，浓浓的尘土尾随车子，像是一阵不散的旋风。就这么颠簸了一路，漫长的 6 小时后，我看到些略为齐整的房屋，心里这才舒了口气，哇，加德满都终于到了。

◆加德满都处处是佛眼

当地人告诉我一家叫路晟的青旅，位于泰米尔区，既便宜又干净。刚进门，便传来热切熟悉的“你好”，再仔细一看，黑黑的脸庞，微笑时露出的牙齿特别白。一年前从印度比哈尔邦来的前台小伙，有着极强的语言天赋，在这里工作仅一年就学会了中文，而且清晰流畅。

小伙说，常客都是中国人，闲时客人们都会教他几句中文，再加上自己好学下问和勤奋记录，就越学越容易，有时也会去朋友的围巾店帮忙，来往的日本人和欧洲人多起来，他也学些日本语和法语，沟通顺畅，生意也跟着红火兴隆了。既聪明又懂生意经的小青年，我们给他起名叫“全球通”。

◆旅行者的世界犹如佛教，没有地域之限

就这样，在尼泊尔的这家小旅馆，一位印度人与一位中国人，聊起了印度的政治和敏感话题，聊起印度的种姓制度，聊起他家乡的风俗，聊起我在那里的所见所闻，以及他所见的不同旅者的故事，真是有趣。因为旅行，我遇到他；因为旅行，他迎接来自世界的旅行者，用语言缩短距离；因为旅行，我们才有机会交流彼此遇到的趣事；因为旅行和旅行者们的沟通，原本那么大的世界可以变得这么小。对我来说，这也是我爱旅行的原因之一。

（二）“四剑客”

在旅行的几个月里，所遇中国人极少，更不用说内蒙同乡，不曾想在路晟却遇到一位赤峰姑娘。瘦瘦的样子，在多人间靠窗的一个铺位，一住就是两个多月，她哪里也没有去，至今还没有动身离开再出发的念想。她说，离开熟悉的生活环境，以异乡人的身份在这里，每天坐在杜巴广场看人来人往，看当地人生活，想自己愿想的人，是最享受的时光。握个手，买份小吃在阳台上开始侃大山。

每个人的生命都是一本书，经历就是这书本的厚度。多人间里住

着一个许大叔，举止不凡，但话不多说，在我们的起哄下，也聊起了自己不同寻常的经历。二十几岁时从温州偷渡去美国，半路被国际巡海员查禁要求返航，在海上周旋漂流多日后，因为食物饮水紧缺，被迫在泰国登陆，做起了饭店生意，而后知遇巴西资本家，一起去南非淘金、走私象牙，期间的惊险事随便讲一两件，就足以让人震惊。半生漂泊，人生的剧情像历险记般跌宕起伏，听着他的故事，我的脑海里幻化出电影的叙事节奏和画面感，如果有人把它写成剧本，相信也是一部让人激动的片子。

◆尼泊尔妇女

另一位来自甘肃的大叔也游历丰富，花白的头发和矫健的身板，看上去特别有精神气，下一站准备去老挝。因为我曾经到老挝旅行过，聊天间便多了些共同的话题，也更容易拉近距离，诸如风土人情以及旅行趣事，等等。

大叔的年龄与我爸相仿，说话也有点像父亲教导的样子，说了很多，我却只记得一句“发掘潜意识里要表达的内容才会有成长”，又再次验证了我的叛逆性格，从小我似乎就不是听话的小孩，调皮捣蛋，还不走寻常路。直到现在我依然我行我素，父母不理解我为何如此，却也无可奈何继续担心。

大叔早年经商赚足了资本，提早退休，四处游历，计划过一种万科王石那般充实的生活，登高而望，极地探险。更让我佩服的是，他有足够的钱旅行，却选择青旅这种住宿方式，按他的话说，就是豪华酒店与青旅所遇到的人不同，酒店大多是观光客，是看景，而这里大多是体验者，他们对当地文化感兴趣，对当地人文热衷，这是他最想接触的。我的旅行，也是以人为本，因为这些人的不同，旅行才有了比景色更亮丽动人的色彩。

自从我入住以后，多人间里我们四人成了常客，久居多日，让我们有了更多共同的话题，后来调侃着起名“四剑客”，仗剑走天涯 ，颇有武侠豪情。

还有一位准备从尼泊尔过境去印度朝圣的年轻小伙，那段时间印签因为中国新护照上的领土问题，总是一再刁难游客，他为等签证已在这里住了近一个月，隔几天便去大使馆询问签证动态，每次都是悻悻而归。有些事就是这样，愈急，结果愈是适得其反。

后来，小伙听我讲述尼印边境的查管较为宽松，不听我们劝阻

◆我们的真实生活，其实也是一场苦修

决定偷渡过境，说走就走，隔天就出发前往蓝毗尼了。十几天后从 facebook 上得知他真的到了瓦拉纳西，照片上胡子拉碴的像个野人，衣服都脏得能掉渣。我们好奇地猜测着他的行走路线，正准备给他编个探险记的故事，可没过两天，就得知他被遣返回中国，原因是住宿买票都要用印度的签证。在火车站被售票员发现了签证的问题，惊动警局后又被带到大使馆，代价是他十年内不得再出境。

还记得他出发前说的话，“年轻人怕什么，大不了被送回国”，这回真如他所愿了。“四剑客”之一的甘肃大叔，以此告诫我们，年轻不是筹码，勇敢不是鲁莽。

（三）双手合十，变成一个修行者

加德满都是一座庞大的露天寺庙博物馆，整个城市有 2700 多座庙宇，仅几平方米的市中心就集中了 250 多座，居民区更潜藏着众多的神像。早晨从泰米尔区到市中心的街巷经过，随处可见当地居民供奉的场景，法器发出的清脆声，整个谷地在这种回荡的空灵声中苏醒，迷你的金属圆盘里盛着各色谷物、花瓣和红粉，香烟轻袅弥漫，

◆清晨的加德满都是在空灵的法器声中苏醒的

从嗅觉上先进行一番宗教洗礼。

加德满都没有现代城市的快节奏，时间在这里似乎不曾走过，四季流转都与他们无关，生活中的传统味道触手可及。人们席地而坐，聊天打盹，有时静静地注视来来往往的行人，目光安详，神情平和，一切都缓慢闲静。我不知道是什么让他们能如此淡然，也许

这就是信仰的力量吧，心中有信仰的人，神态才会富足。

市中心的杜巴广场，如果只匆匆来过，是无法体会到广场的魅力的，你需要坐在某个建筑下，静静去感受它。门票 750 卢比，不必担心出入的次数问题，在广场入口的亭里只需一张照片和护照就可以办理多次出入的手续，非常人性化。

朝代变迁，历史累积，杜巴广场的建筑像丰碑一样记载着尼泊尔的故事，每一座寺庙都在讲述自己的过往和曾经。我喜欢尼泊尔，就是从杜巴广场开始的。独木寺是历史最悠久的一座，大约于 12 世纪用一整棵娑罗双树建造而成，原本是有重大仪式时朝圣者的聚集处，现在变成了一位叫乔罗迦陀的苦行者拜奉处。里面柱子的形状已经下细上粗，据当地传说，来此一定要在柱子上蹭蹭，有攀爬能力的可以爬到柱子顶端，可以求得保佑，许愿健康平安。

络绎不绝的游客来往其中，爬杆的、观赏的、谈论的、祭拜的人交织在一起，我坐在昏暗人少的角落，因为光线的缘故，这景象有了影影绰绰的错觉。恍惚间，仿佛置身于古世纪，而我变成一个修行者，盘腿而坐，不由得双手合十。

坐在台阶上看尼泊尔人朝拜黑天神，也是件很有意思的事。黑天是湿婆的化身之一，象征毁灭，惩罚人类的无知与不忠，据说在他面前撒谎会立即死去。紧邻黑天神像有一个喂鸽子的地方，十分热闹。尼泊尔人每每路过这里，口里念念有词，从专门放置红粉的龛下，手指轻点红粉，为额头增色，尼泊人称其为“蒂卡”，然后到黑天面前说几句悄悄话后，绕着他走几圈，每个人的动作程序相同，但专注的面部神态和表情却各异。

◆对宗教的虔诚之心，是每一个心怀信仰之人共通的语言

看到他们的虔诚，想起在西藏、在印度、在马来时遇到的不同信仰的信徒们，人们对宗教的敬仰之心，是没有国界种族之分的，它是世界的语言，是文化的象征。

（四）培养女神要从娃娃抓起

距离独木寺只有十几步之遥的活女神院 ，是杜巴广场众多寺庙里最受瞩目之一。世界各地供奉神像通常都是塑像，唯独在尼泊尔供奉真人身，在这里活女神被称作“库玛丽”，时至今日，已经是第14任。

穿过只能容两人同时进出的低矮小门廊，出现在眼前的是三

◆受多少人敬仰，就要失去多少自由

层楼式红砖建筑，正方形的小天井十多平米，里里外外都是精雕细刻的木门窗，最顶层中间漆成金色的有华丽木雕和围栏的窗口，是女神俯瞰众生的地方。

我倚在院子走廊的木柱旁，等待着能望一眼传说中的神灵，等待时与当地一位导游聊起女神的故事。她说，库玛丽在他们的心中极其神圣尊贵，双脚不能触碰地面，在重大节日里都是由特定的人员抱着或是乘车环行。选拔极其严苛，必须是三四岁的小女孩，从出身背景到体态样貌都有要求，有身体像树，胸像狮子，声音像鸭子等 32 项严格标准，数届选举都以此为准则。小女孩从被选中之日起，就要离开自己的家人，居住在女神庙内。她们被禁止接触外界，过着与世隔绝的生活，没有亲情、友情，任期以身体初潮来临终止。

活女神是尼泊尔人民的一种信仰，因为她出身于佛教释迦世家，又被印度教崇拜，避免了种族冲突。在政治意义上，她还起到了和平的作用。

她说的与我在资料上看到的很相似，但我更想了解当地人对选活女神的态度，同时了解了她的家庭情况，她有一儿一女，过着幸福的生活，我说：“您是否愿意让您的女儿来参选活女神？”她笑笑，然后回答：“不，我希望她快乐，有父母陪伴、疼爱，过平凡的生活。”活女神对于一个家族是极高的荣耀，但对于家庭，平凡才是最真实的生活。

很多任女神回归到正常生活时，功课成绩和生活自理能力都要从新学习，落差之大，需要有很长的调整适应期。1984 年至 1991 年间的库玛丽女神拉什米拉，卸任后重新上路，继续学习，成为尼

泊尔第一个有学士学位的库玛丽，是尼泊尔最励志的女神，她还出版过一本《从女神到凡人：一位前库玛丽女神的真实生活》的自传畅销书。

文章里详尽地叙述了她任女神时的故事，有许多传统与民间流传的不同，数不清的谣言和偏见在书里都可以找到解释，比如选拔时与108个血淋淋的水牛牲畜头或其他惊悚的事物关在同一屋的情形，就是谣传中的一个。

每天中午和下午四点，女神会在这两个固定的时间，望一眼窗外，满足游人们的好奇心。此时四点，院内的人开始骚动，工作人员要求收起相机，女神要露面了。服侍她的工作人员在窗口环视检查一圈后，一个画眼线的小女孩，仅向窗外看了几秒便退去，

◆杜巴广场有许多比女神年纪稍大的男孩女孩在谈恋爱，我们都称它为恋爱广场

我停顿在那里。过了很久，她的神情还印在我的脑海里，面无表情，不喜不怒，不骄不惧，可以用冷漠来形容，因为这些是作为神明必须有的表情，而她的脸却还是个孩子，这是一个矛盾又尊贵的组合。

看到她，想起蓝毗尼遇到的那个小女孩，天真烂漫的笑容与女神的表情，有着天壤之别。选择了作为女神的荣耀，可能得到很多敬仰，但却要失去生为平凡人的快乐，世事两难全，这命运由不得她主宰。时间虽不能改变人们的信仰，但可以改变人的思想，现在的尼泊尔人生活条件稍有转变，很少有人再因为贫困送女儿参加女神竞选，就像那位导游说的，更愿意让女儿快乐幸福的生活，会通过学习改变命运，获得荣誉。

活女神严禁拍照，但曾有欧美记者进行过官方访问，从他们的照片里可以看到女神另外一面的生活。这些照片里所拍的总共两层的女神居所，一楼放杂物，精美的木梯通到二楼，分别是正厅、书房、卧房和神殿。

正厅的三扇窗户除了通风外，带来的丝丝光亮，使整个原本光线不足的阴暗楼层，平添了几分神秘感，地垫上坐着的几位前来拜见的尼泊尔人，脸上洋溢着幸福的喜悦，面见女神对他们来说是至高的荣耀。

正厅偏南是女神的卧室和书房，照片刊登后，让所有人都有些惊讶的是书房里那台能上网的电脑，原来女神的文化功课虽然有些跟不上国内学生的步伐，信息却能跟世界接轨。小小的神殿空间逼仄，地上摆满了祭祀用品，女神双脚放在铜盘上，正襟危坐在华丽的宝座上接见来者的拜谒，面部神情与我在活女神庙看到的一模一样，没有表情，安静地看着每一位来者，为他们解惑、点红。

每每看到图片上的她，就想起在尼泊尔神庙的那一瞥，还有导游的那番话语。我想，在文化不同的尼泊尔，对于孩子自己来说，最重要的是什么？如果女神不是因为命运的决定，她自己会做何种选择？

（五）智慧三眼神

尼泊尔人全民信教，80％的人信仰印度教，10％的人信仰佛教，宗教所倡导的和善与不杀生，以及牛在印度教中的地位，使得黄牛和猴子在尼泊尔有着宠物般的待遇。

循着山路的台阶，我跟着偶遇的80岁藏族老阿妈，慢慢向山顶爬去。老阿妈是在30年前举家迁到加德满都的，丈夫已过世，与几个儿女一起生活。讲起自己现在的日常生活，每天除了饮食就寝外，大部分的时间都在猴庙祭拜转经，与猴群相处。一路遇到猴子，都会从随手拎的布袋里取一点食物亲手喂它们，像庙里专门的喂猴人一样敬业，区别在于她是用自己的虔诚向佛致敬，而喂猴人则是工作需要。

放学的尼泊尔小孩已经与老阿妈很熟，亲切的问候后团团围在阿妈身边撒娇讨要食物，一只小猴爬上阿妈肩头也凑热闹，伸着细细的小爪，明亮的大眼睛，萌得可人，大猴在侧面静望，眼神温柔

◆藏族老阿妈每一天都在猴庙喂猴子，迎接放学的小孩给他们分食物，她说自己身在尼泊尔，心永远留在西藏，我听完有着莫名的酸楚

盘腿而坐。万物皆有灵性，它们在向我们展示佛陀的感化力量，因为它们，我瞬间便对苏瓦扬布纳特有了好感。

猴庙是体现印度教与佛教完美结合的建筑。沿着山路有一排的藏式转经筒，镶嵌在墙壁上的莲花生大师和其他藏传佛教里的神明的画像里。塔顶层的佛陀目视四方，警示世人，用智慧与和谐的力量引导尼泊尔人，三只眼几乎成了我印象里尼泊尔的标志，既庄严又优美。在佛眼的注视下，轻轻转动经筒，耳边回响着那句“嗡嘛呢叭咪吽”，其实，身在何处不重要，重要的是心中有佛，就像那位藏族老阿妈说的，不在西藏，但我的心还在西藏。

距离猴庙不远的博德纳大佛塔，是亚洲最大的佛塔，阿尼哥式的建筑静谧祥和，塔顶的佛眼透着智慧之美。无风的天气里，静止的风马旗和安静的佛塔下，虔敬的信徒们起起伏伏行着大礼拜，一动和一静之间，尘埃起舞落定。从清晨到黄昏，在诚意的叩拜里，是对佛陀的满满的敬意，当太阳下山的光芒洒满整个佛塔的时候，电影里佛光普照的蓝本，大概就是这番景象了。

（六）烧尸庙，对死者的祝愿

世界上各个种族对待死亡的方式不尽相同，葬礼文化的多样神秘，让人叹为观止。我所知的就有西藏天葬、贵州洞葬、爱斯基摩人冰葬、大洋彼岸绝尸葬，等等，印度有水葬和火葬，尼泊尔是一个印度教、佛教合一的国度，86% 的人信奉印度教，葬礼主要是火葬这种形式。他们崇拜火，相信死后燃烧躯体并将骨灰撒入圣河，灵魂就可以脱离躯体而得到解脱。

位于巴格马蒂河的帕斯帕提纳神庙，乍一看，砖红色传统建筑，并不似想象中那般神圣，然而它却是整个尼泊尔人的精神殿堂，是尼泊尔最大的印度教神庙。在加德满都有很多火葬的地方，最著名的就要数帕苏帕蒂庙前的巴格马蒂河岸。来来往往的印度教徒，是

来供奉寺庙里的湿婆神，但对游客来说观看寺庙旁的本土火葬才是目的。沿河有十几个火葬台，这个肉体最终归宿的地方也有等级之分，北岸属于贵族，南岸属于平民百姓，台阶越高越靠近下游，表明地位越高。

曾在印度恒河边近距离看过无数次火葬的场景，在这里再一

◆河岸的生死场

次重演。亲人们抬着装饰着万寿菊的担架，裹着黄丝绸或是白布的死者被浸过河水，沐善洗罪后，置于堆叠整齐的柴堆上，进行一番传统仪式后，便开始点火焚烧。已加过香料的木柴混杂着肉体烧焦的气味，在空气里弥漫开来，飘袅的尘烟里，我看到的不是记忆中丧失亲人悲天恸地的哭泣和声嘶力竭的呼唤，而是静默！他们安静地注视着烈火把亲人的身体化为青烟和灰烬，最后将这一切倾入巴格马蒂河，生命在人间最后的存在形式随着河水流向意识里的永恒。

对大多数第一次观看土葬的游客来说，无论是在视觉还是精神上，都是一种考验，在惊讶和震惊之余，我更欣赏尼泊尔人对生命的理解。他们笃信生命轮回，死亡只是轮回中的解脱，通过重生进入天堂获得永生。站在火堆旁的死者亲属们平静的神态，我觉得像是对死者的一种祝愿。

◆在尼泊尔，死亡只是轮回中的解脱，通过重生进入天堂进入永生

站在河岸，看着小孩们在河水里俯身寻找着焚化过程后随着灰烬一同倾入圣水里的伴葬物，打捞上来的硬币和其他值钱物品可以供他们继续维持生计，死者用另一种方式造福着生者，尼泊尔人用自己的独特的风俗向世人诉说着他们的善良，和对生死的理解。

（七）在爱中行走

贫穷垂死的人也该被触摸，被拥抱，即使是在生命的尽头，也要让他们感到仍然有人在爱他们。

——圣女 德兰姆姆《在爱中行走》

在传统的印度教里，信徒不会在自家里死去，据说这会给家人带来不吉，所以当他们感觉自己生命将近，会自觉地到帕斯帕提纳神庙河岸边的一排水泥石洞里住下，等待死神的来临。一直到德兰姆姆在尼泊尔成立老人院之前，仍然能在石洞里看到那些因病痛贫穷挣扎在生死线的老人们。

她说："人类所经经历的最大的疾病，就是被遗弃，被冷漠，被忽视，被忘却，唯有用爱去温暖他们，才会有治愈的一天"。德兰姆姆把自己的一切毫无保留地奉献给了贫穷和苦痛，穷人、病人、孤儿、无家可归者以及垂死临终者，她用最诚恳的行动散播着爱，给予他们尊重。大爱无垠，德兰姆姆真的做到了。"

在印度加尔各答"mother house"时，当地那些残疾儿童的笑容和修女们的慈爱，我至今还记忆犹新，当时虽与做义工失之交臂，但那些笑容和背后的故事所带来的感动却一直在留在脑海里。我总是觉得孩童和老人有着最纯净的灵魂，前者入世不久未被沾染世俗，后者却是历尽沧桑洗净铅华，心态重新回归，因为这种认识和缘分，我又来到了尼泊尔的老人院。

从帕斯帕提纳神庙南坡的侧门通过，眼前的寺庙就是老人院了。这幢几百年的建筑和老人们一样历经风雨，古朴淡然。与历史里描述中那般惨烈肮脏不同，我所看到的更多是一种祥和。墙上悬挂着

◆尼泊尔老人

的“德兰姆姆”肖像，笑容温和地注视着这里的一切，正是因为有她，这些老人们才有了被人照顾的休息之所，在临终前感受人间最后的温暖。

老人们在院落中悠闲地聊天、发呆，有的坐在椅子上，有的倚靠着百年木柱，在最后的时光里享受阳光的沐浴和爱护。我从他们身边轻声经过，去寻找在网上联系过的义工徐正，他只有 23 岁，已在这里服务了近一月，也曾在加尔各答的“安息之家”工作过。

这家老人院规模很小，我第一次去探访时除了他和另外一个来自日本的妹子，其余的义工是几个本地印度教徒。老人院的爷爷只有几个，而且行动还算方便，其他都是老奶奶。他说：“几位爷爷还有行动力，生理问题能及时解决，比起在加尔各答，这里的工作就轻松多了，而在加尔各答每日要处理老人身上沾着的各种呕吐物、食物、粪便、脓疮，不是件轻松的事情。现在，每天除了为老人们洗衣洗澡外就是陪着他们在院子里晒太阳或是搀扶着他们活动身体，在老人的眼神里充满了感谢。”

对于这些贫穷孤单的垂死老人，最重要的就是陪伴和尊重，此时又想起《德兰修女传》那位孟加拉老人临死时说的那句话：“我儿子将我扔到外面，我一辈子活得像条狗，但现在我却死得像个人。”

徐正在加尔各答从未亲自抬过死者，在这里却了有一段不一样的经历。昨天还在陪一位 75 岁的奶奶在院子里晒太阳，用手势比画着聊天，第二天一大早就听到了当地义工说的老人不行了，要他帮着整理老人遗容，并把她抬到巴格马蒂河边。一般这项工作本来由老人儿子来完成，但这位孤独的老人只想让爱心人士带给她最后的尊严。老人形容枯槁，盖着被单仍能感觉到她的瘦弱，他的手哆

◆老人院里可以自理的爷爷奶奶们，天气晴朗时的集体活动就是晒太阳，晒衣服

嗦着把老人移到担架上，在昏暗的小小太平间里与另一位义工，为老人整理完遗容，用白布包裹整齐，进行一番印度教仪式后，跟着当地义工再把担架抬到河边交给烧尸人进行火葬，唯有装点在周围大串的黄色万寿菊，让老人的葬礼看起来不那么寒酸。

短短的半个多少时，让在国内从未见过死者，却在异乡亲手送走一位老人的徐正心里堵塞着一种说不明的感觉，昨日还在的温暖陪伴，今天却已随河水进入了另一空间，生死两界，虽然早已有过心理准备的。一位异乡老者都能带给陌生人这样的感觉，那更何况我们与身边的亲人，他说完这句，我想起德兰姆姆说过的“爱人，先从身边的人爱起”。

第二次再去探访的时候，多了两位来自中国的 90 后小妹——柏敏和苹果，通过徐正的介绍，我跟她俩迅速打开了话匣子。即将毕业的她俩，在一位旅行者那里了解到了德兰修女，休假期间特地来尼泊尔体验生活。

两个人小小的个子，白嫩的脸上还有些婴儿肥，十足的 90 后小女生，柔弱娇贵。加都的“mother house”分为儿童部和老人院，儿童部收留的是遗弃、残疾、智障的孩童，她俩被分配到那边工作了三天，就被调到老人院照顾病床上的奶奶们。靠老人院外面房间那里的老人们是有活动能力的，往里则是生病或是衰老到只能卧床休息的老人。对于这些奶奶们，就只能手把手像对待婴孩一样照顾他们，比如换衣服，处理大小便。

聊天的间隙，当地的义工伸手招呼她俩，意思是有奶奶需要帮助了，征得她俩同意后，我也一同陪着去帮忙。三个女生把奶奶从床上轻轻抱下来，苹果十分有经验抱着奶奶排便，女孩只有 1 米 5 的小身体，怀里的奶奶虽瘦但个子也有 1.6 米左右，这种强烈对比的画面，既温暖又惊讶。不知她哪来的力气她可以托得动奶奶，还要忍受高温下刺鼻的臭气。这个过程最快也要一刻钟，等把奶奶在床上放好时，整个人被汗湿透了。有些失禁的奶奶，就只能及时察看，及时换洗。

苹果能够如此熟练地照顾老人们，原来是她在老家也曾用同样的方式，在近一年的时间里侍候瘫痪在床的亲奶奶。看到这个小姑娘，我对 90 后有了全新的认识，我很佩服和欣赏她，过去自己喜欢以偏概全，认为 90 后不负责任的想法和行为，现在终于感到有些幼稚了。试问自己是否能像她一样，在亲人最需要的时候陪伴在在他们身边？又是否能像她一样做到手把手服侍病人一年？也许我连一周都无法办到，又有什么资格去为她们下一个不负责的定论，想来真是惭愧！

有时候，我们看到了一种行为，或者听别人说了一句话，就片面地做出一种判断，而这种判断未必是客观的、真实的。看到苹果后，领悟到一个道理，看待某个群体不能以偏概全。

（八）古董淘宝街，谨防被骗

两千多年来，佛教艺术集沙成山，堆砌成人类文明耀眼的丰碑。每每凝视那些跨越时空流传下来的佛陀以及大觉悟者们的造像，其眉目之间流露的解脱、静穆和俯观世态的悲悯，都能让人蓦然驻足，心神受慑。

——《艺术品鉴》

漫步在曲折蜿蜒的尼泊尔小巷里，总在不经意间就能邂逅寺庙或是神像，问起当地人它们的年份，回答几乎全是以百年为单位向上增加。古物在他们的身边朝夕相伴，逐渐变成了日常生活的一部分，这种浑然一体的融合，不仅使文化得到了潜移默化的传承，一代代尼泊尔人在其熏陶下，也越来越像古物般呈现出古朴纯厚的气质。只有亲自穿梭在这些街巷里，看到他们生活的细节，才能体会这个国家的精神内涵，更好地去理解尼泊尔人的价值观。

历经岁月洗礼的精美木雕和石刻，价值连城，可尼泊人却从没有盘算着去破坏和占有，这与他们的生活和信仰息息相关。破坏和

◆店主边打磨着手里的面具，边跟我们讲起淘宝经

占有，既要受到道德的谴责，还要受宗教的处罚，这在尼泊尔人看来是大逆不道的。

买不到古旧的木雕，但可以淘到其他的宝物，漫步在泰米尔区，琳琅满目的众多店铺里，有许多售卖佛像、唐卡或是佛珠的小店，如果你有足够的耐心和鉴别力，也是可以买到不少从印度或是西藏流传到尼泊尔的宝贝，因为地理原因，在风格上，它也与尼泊尔的造像颇为相似。本土尼泊尔的造像大多是近代工艺再次风起后，尼泊尔手工作坊做的旧品，但作为观赏用途，它的细致做工还是非常值得收藏的。

在微博上认识的几位旅友，近几年来不断深入藏区并跨国到尼泊尔，寻找从藏地流入尼泊尔的古佛像，在泰米尔区尼泊尔当地的藏民店里，店主向我们细细讲起淘宝经。

尼泊尔作为佛祖的出生地，佛教造像历史是从李查维王朝到马

拉王朝逐渐演进的，从李查维时期的光头光身，大叶瓣莲台和内敛的飘逸衣裙，到马拉王朝华丽优美，用宝石做装饰的精致尊贵，细到面部浅笑酒窝，手指交错柔媚，腰腹至腿部的协调松弛肉感鲜活，充分地表现了尼泊尔亲切、自然、唯美的独特风格。区分不同时期不同造型的佛像，仔细研读历史是必不可少的，他推荐了一本《精工佛像》，专业书目，倒不妨看看。

尼泊尔悠久的造像历史主要是由纽瓦尔人传承下来的，几个世纪以来精益求精，从材质到造型，朝圣路上的顿悟之美，在他们巧手下几乎达到了炉火纯青的境界，红铜镶嵌宝石是最经典华贵的风格。他们的造像技术和风格深刻地影响了藏传佛教，输入西藏的尼泊尔工匠为藏区的工造业发挥了巨大作用。时至今日，我们在西藏

◆杜巴广场也有许多淘宝地，需要你耐得住烈阳的炙烤

祭拜的佛像里，很大一部分都是尼泊尔人制造的。

除了泰米尔区，猴庙和博德纳大佛塔周边，林立的店铺也是淘宝的圣地，幸运的话，你可能也会买到来自印度拉帕时期和藏传佛教的佛像，一家店主说，佛识有缘人，淘宝亦是如此。

我对尼泊尔市场比较感兴趣的东西还有唐卡。最近这几年被炒得大热的尼泊尔唐卡，在当地已经被当作一个产业来发展了，大量的唐卡绘制学校也纷纷成立，为市场输入人才。卖佛像的店主和旅友们一起讨论起了尼泊尔唐卡价值。真正的好唐卡已经很少见了，在国内青海一带的藏区还能偶尔有收获，现在尼泊尔市面上的唐卡大多数都是机器印制，然后再手工上色，高仿的唐卡无论从颜料应用还是色泽质感，以及保存性来说，都与真正的唐卡差之千里。这家店铺里也有尼泊尔唐卡，只有几百块而已，除画风布局更大胆以外，细看起来却经不起推敲，描线处粗糙不匀，我作为一个半路认识唐卡的人，都可以看出很大的瑕疵，更别说行家同伴了。

因此，以次充好、以假乱真的现象在尼泊尔古市场，是非常普遍的现象，购买收藏还是要仔细分辨，这是离开时店主送给我们的一句建议。

（九）闪耀的民族手工艺

泰米尔区是整个加德满都最集中的购物区，大大小小的店铺林立在街巷，售卖各种手工艺品，包括廓尔特军刀、克什米尔围巾、纽瓦丽木雕、佛教唐卡和佛珠等数不尽的商品，像“藏宝阁”一样收纳着无尽的宝贝。

迷宫般的小巷错综复杂，我总是迷失在这里，走不出去就索性随意起来。21 岁的美丽姑娘与弟弟一起经营手工缝制毡毛鞋的店铺，店内所有的鞋子、包包、装饰品等均出自心灵手巧的她，她还可以根据我的要求和式样现场不厌其烦地缝制；配饰店里售卖的各色彩珠也是手工制作，有烧陶、吹塑、雕刻等工艺，一串珠链也能有万种风情。

匠心独运的手艺人们，在手工刺绣品的发挥上更是登峰造极，

◆一个男人三年时间完成的一件绣品，价值已不能单纯用价格来衡量了

普通绸缎有了金色丝线的勾勒和宝石配衬，顿时能幻化出华美的气质。有一家店主叫Kami，生长在帕坦，家族一直从事手工刺绣行业，今年初才开的加都分店，因为位置较偏，上午生意寥寥，有顾客上门时他便会盛一盘小饼，倒一杯红茶，不买也没有关系，进门即是客，现在他热情地招待起我这位异乡人。

挂在店铺正中央的刺绣围巾，是一个男人用三年时间完成的一件绣品，一针一线考究细腻的工艺和图案，把它陈列在博物馆也不为过；羊毛质地的挂毯柔软温暖，鸟与传统纹样相结合的图案，层次分明，更神奇之处在于它的立体效果，站在不同角度观赏，呈现的色彩、图案也不相同。这些非卖品是Kami家族最为之荣耀的作品，已经不能以价格来衡量它们的价值了。

Kami骄傲地介绍着这些珍品，但更让我感动的是，尼泊尔家族一代一代人对手工艺传承的重视。有了他们，尼泊尔手工业文化才得以持续发展，民族的文化精神才能继续闪耀。

（十）最后的王朝

我们失去了真相，我们丢掉了历史。我们只能听到奇闻逸事，用神话来满足自己的心灵。

——Manjushree Thapa

说起国家博物馆，展品给我的印象几乎都有相同的共性，大概就是在历史每个时期关于政治、文化、建筑，宗教……产生影响的一些物件、文献或是艺术品等。而在尼泊尔的博物馆，我除了对展品欣赏外，更感兴趣的是探访这个曾经发生过改变整个尼泊尔命运的血腥杀戮事件。

前身为纳拉扬希蒂王宫的国家博物馆，长方形的宫院 ，宫殿色调淡黄与暗红相间，风格既传统又现代，属于尼泊尔的创新建筑。走入内部，神像和各类艺术品，以及来自世界各国礼尚往来的展品，安静地展示在王宫的各个角落，相比之前在其他国家看过的华丽博物馆，这里显然略逊一等。

◆昔日皇宫，今日博物馆，它是王朝的开始与覆灭

来纳拉扬希蒂王宫前，我在网络上看过很多关于皇室血案的报道，曾经震惊世界。王储迪潘德拉在家族聚会上枪杀了几乎全部的皇室成员，包括国王、王后以及公主，而后饮弹自杀。惨案背后的真实原因已经无人知晓，大多数人的猜测是由于父母反对迪潘德拉的婚事，他心有怨恨，才下此毒手的。

王宫墙壁上比兰德拉国王的笑容依旧绅士，只是永远地停留在了画像里。2001 年的那个普通的夜晚，他怎么也不会预想到这出因为一个女人而引发的悲剧，间接的把尼泊尔历史重新改写，曲折离奇的情节，堪比莎士比亚笔下的戏剧。

血案发生后的几年内，尼泊尔政权不断易主，短短几年就出现 9 届政府，直到贾南德拉宣布废除君主制，建立共和政体，才实现了尼泊尔人民渴望已久的民主化进程。

我后来与尼泊尔朋友聊起这桩案件，他说："其实尼泊尔人更相信神明的力量，尼泊尔曾有一个诅咒，说沙阿王朝虽能一统江山，但只能传位十世君主，发生血案的那代，正好应验了预言。"

用中国的古谚语解释，就是天道难违，古代中国也有太多类似的故事，人们不愿意相信真相，更愿意用神话来安慰受苦的心灵，原来，这在哪个国家都适用，只是神话的版本不同而已。

博物馆凄凉的后院，大片的空地其实是王室成员的墓地，划出的每一小块，是每个成员的专属地，神龛伴着黄昏的余韵，为这里洒上了一层说不明的阴暗色彩，走在其中，总觉得有一丝阴森的凉意掠过，想要加快脚步离开，心里却说不出自己在感叹什么。

旅行者总是这样，身在同处，感同身受。

◆一盏油灯，一次祈愿

（十一）那些被遗忘的可爱笑脸——记 APC 儿童中心

他是一个总是被拒绝，与此同时，又是最需要被接受的孩子。最难被成人爱，而又是最需要爱的；最不被信任，而又是最需要被信任的；最被抛弃，而又是最需要家庭的；最受压抑，而又是最值得得到自由的；最被遗忘，而又是最值得我们怀念的。

——塔科

在博卡拉耀光餐厅与老板光明聊及公益时，他说起自己的公益项目时提及一个叫 APC 公益组织，在博卡拉也设有这样的机构——Poonhill 儿童之家，是一个完整的儿童长期护理计划，包括家庭式年幼的儿童和无家可归的孤儿，也是一个赞助计划，通过合作伙伴的家庭和学校宿舍，为孩子们提供住宿和优质教育，使他们得到如亲生父母般的爱护和尊重，确保孩子们生活在一个健康温馨的环境中。

因为时间的关系，我曾错过造访儿童之家的机会，幸好在他们的官网看到了加德满都孤儿院的信息，于是在加都的第八日，我决定与一个赤峰姑娘梅一同前往。

◆杜巴广场上喂鸽群的一家人，他们的幸福与APC的孤儿形成鲜明的对比

加都的APC机构位于Freak St，Kathmandu，于2001年成立，14年以来，一直致力于为尼泊尔的流浪儿童提供庇护所，收养并让他们有一个安全自由的成长学习环境。这些街头流浪的儿童虽然是被家庭弃的孩子，但他们同样需要倾听、尊重，参与并决策自己的生活，APC组织就是致力于此的非政府组织，拯救着尼泊尔那些被边缘化的孩子们。

目前，APC组织已救助400多名儿童，设有培训就业、家庭重新融入社会、意识和参与、心理咨询、儿童吸毒等10个项目，它与我之前在印度参观过的仁家之家也不同，它还包括对尼泊尔家庭暴力等形为的干预，在博卡拉的机构主要负责这部分。

赤峰姑娘梅旅行时，曾在西藏当地的小学校做了半个多月的义务老师，与孩子沟通很有一套，亲切可爱的样子让她容易和孩子们靠近，我们带着多套铅笔橡皮，轻轻推开了APC孤儿中心的大门。

接待我们的是一位尼泊尔本地女孩，二十岁左右的年纪，也是一位孤儿，十年前父母双双去世后无人抚养，APC的工作人员便把她带到了这里，上学和学习技能，之后留在了内部工作。她向我们介绍起相关的信息，院子里一群刚放学的

小孩在玩耍，一个坐着轮椅的小男孩在他们的身边微笑地看着。

尼泊尔女孩说，他的名字叫 Kukhri，今年 16 岁，出生在靠近博卡拉的卡里卡村。五年前母亲病逝后，父亲因为家里太穷无法抚养的缘故，无情地抛弃了他和妹妹，妹妹被当地一家好心人收养，他则流落到博卡拉街头成了乞讨。

Kukhri 曾在当地的小餐馆打过工，因为偷窃被辞退，后来跟着一帮流浪孩混日子，整日打架，过着悲惨的街头生活，而后浑浑噩噩地到了加德满都，不慎吸食毒品，为了有钱买毒品再去偷窃打架抢劫。循环往复，身上早已伤痕累累，露宿街头，还常常会被警察和比他更大的男生的毒打，直到双腿被打成残疾，在马路边做起行乞的老本行时，才被 APC 机构的法国人 Bradley 发现，带到这里的儿童康复治疗中心进行医治。

在医治期间，工作人员帮助 Kukhri 逐步适应 APC 的青少年活动中心的生活，定期辅导，有计划地帮助他戒毒训练。与社工在一起的几年，他不仅有效地戒掉毒瘾，还找回了自信，积极参加各种活动，活动中心的音乐课程是他最喜欢的科目，虽然双腿不便，但他用手打鼓弹琴，跟着节奏唱歌。

几年前，APC 的工作人员试图与 Kukhri 的父亲联系，让他与家人团聚，但他的父亲以种种理由拒绝。如此，Kukhri 的命运也许只能像接待我们的那位本土女孩一样——完成义务教育后，服务于公益组织或当一名教师。我和梅远远地看着她的笑容，那么干净，我俩却心情沉重，如果没有像 APC 这样的机构，Kukhri 这样的孩子该如何面对生活。

院子里其他孩子穿着整洁，像尼泊尔其他正常家庭的小孩一样，

◆学校的教室之简陋与学生们整洁的校服也形成对比

每天在学校上课学习。尼泊尔实行十年义务教育，学前教育3年，初等教育5年(1–5年级），初级中等教育3年(6–8年级），中级中等教育2年(9–10年级)，高级中等教育2年(大学预科11–12年级)，高等教育5年(13–17年级)。在APC的正常孩子们，按年龄段不同，被分配到不同的教室上课，所谓教室，也不过是古老的建筑里摆着几张破旧的桌椅而已，设施粗陋到极致。

除了对极其简陋的教室印象深刻外，我对他们的校服也印象颇深。暗红色的套装，上衣是V领的毛衣，配白色衬衫和蓝色条纹领带，男孩下装为长裤，女孩为半身伞裙和长筒袜，裁剪得体，搭配黑色的皮鞋，整体看去清爽又整洁大方，像一道风景，煞是好看!回想起自己的学生时代，红黄白相间的肥大运动服，不仅配色土气，宽大程度几乎还可以再装进一个自己，与尼泊尔的学生对比鲜明，真为自己没有美感的童年惋惜。尼泊尔虽穷，教育资源也相对匮乏，但他们对教育的重视程度，从校服文化也就可见一斑了。

APC机构也特别重视就业培训和生活技能的培养，他们提供各种培训，帮助孩子建立自己的生活策略，拓宽个人的生活观点。对于流浪街头的孩子，着重消减由社会破坏性因素导致的心理和情绪低落，培养乐观心态，以适应社会生活并赚钱养活自己。这里也有可以参加的赞助计划和认养活动，有许多欧洲夫妇来此领养孩子，并免费为机构提供教育需要的一些条件和设施。

我和梅参观一圈后，并把带来的铅笔一一分发给学生们，看着那些可爱笑脸们，微薄的心意并不能为他们带来很大的帮助。就像塔科说的，对他们来说，更需要的是被关注、被关怀、被需要、被信任、被爱，能有人经常去关心，这些才是他们最需要的。

（十二）小赌怡情，人生这一场赌博

“四剑客”之一的甘肃大叔，走南闯北做生意，几年前也是赌场的常客，每次去澳门，不去赌几把，总觉得像缺少些什么似的浑身痒痒，也曾在美国拉斯维加斯、摩纳哥蒙特卡罗的赌场里一掷千金。

我问，为什么现在不赌了？

他说：戒了。

说的时候云淡风轻，千帆过尽，原来他还有个因赌而生的故事。几年前因为好赌博，公司的经济运营和经济状况一度陷入危机，合伙人因此几番争执，闹得差点上了法庭，幸运的是，大叔有位贤妻，一直陪伴在身边，晓之以理，动之以情，用尽各种方法才得以缓解此事。大叔讲述着自己的故事，话里反复言说对妻子的感谢，乍听起来像是某个电视剧里洗心革面的桥段，让人不免有些怀疑，但电视角色何尝不是源于生活。我始终觉得只有有极度自制力的人，才能戒掉这种习惯，我们不能用过往去论断一个人，我对大叔的佩服是发自内心的。

前面提到的那位偷渡大叔也曾光顾过澳门赌场，但他是出于好奇，对赌博本身并不感兴趣，几天前就曾光顾过一次。见我在打听赌场的消息，也不免跟着起哄，而我因为心里没底，便缠着他要求带我去看看，据说可以吃霸王餐。

加德满都的赌场有五六家，都分布在高档酒店Yak&Yeti、

Soaltee Crowne Plaza、Everest 和 de l' Annapurna 内，里面不仅有精彩的歌舞表演，每天晚上九点开吃的自助餐，荤素搭配非常丰盛，鱼、肉、米饭、面条，还有各种水果和冰淇淋。这些赌场原本是不收费的，后来因为中国背包客来此蹭吃蹭喝的人太多了，赌场为了限制，便象征性地收起了费用。从正门进入必须要门票，而且对着装也特别严格，穿短裤禁止入内。如果到达尼泊尔开始一周内进入赌场，还可以凭机票和护照拿到 200 卢比的赌资。

偷渡大叔只去过一次赌场就熟门熟路，我跟着他从迷宫般的小巷穿过，眼前 Yak&Yeti 酒店正门 Casino 字样的霓虹灯闪耀璀璨，门票 150 卢比一张。从正门进入大厅，大理石地面一尘不染，光可鉴人，被华丽的吊灯映衬的整个大厅极尽奢靡，我穿着陪我一路的肥旧 T 恤和当地宽腿裤，整体形象与来来往往的名流们相形见绌，对比太强烈，甚至怕保安后悔把我赶出来，就拉着大叔迅速向地下一层的赌场走去。

赌场内虽然相比起新加坡和澳门的赌场稍逊一筹，但依尼泊尔的本土状况来说，已是纸醉金迷。这里豪华精致，而外面街市粗鄙贫穷，同一片土地，天壤之别，也难怪赌场不允许尼泊尔本国人进入，如此落差，必定民怨四起了。

放眼望去，赌场内几乎全部是外国人，老虎机、百家乐、轮盘赌、纸牌应有尽有，台上的乐队时而轻缓时而声嘶地卖力表演着，放在一旁的食物饮品都无人问津，虽有国际化的设施和服务，这些都不过是徒有摆设而已，真正的赌客每个人都专注在自己的赌具和筹码上，眼神里充满了赤裸裸的贪欲。

严歌苓写《妈阁是座城》一书时，就曾亲自在澳门赌场像一个真正的赌徒一样下注，了解赌场规则，细微地观察赌客心理和行为，对人性的弱点和阴性的描写极为透彻。想起两年前我在澳门赌场外遇到的几位赌客，穿着光鲜，表情却一派落寞悲苦，想必也是输得狼藉凄惨了，有人一夜暴富，有人一夜家财散尽。世界上的赌场只有地域之分，尼泊尔赌场也不例外，赌客都是相似的，都是在与自己的欲望、意志、自制力、勇气作战，对手没有别人只有自己的贪婪。赌场更像一个实验场，浓缩百样人生，容纳万种人性，置身其中，博弈角力，上演各种故事。

偷渡大叔买了1000卢比，开始在老虎机前投币，只玩三个回合就血本无归。他一旁的印度帅哥，开始几盘很顺，咔啦咔啦的赢钱声像有一种魔力，投注越来越多，几盘以后，钱越投越多，结果就输得越快。在澳门时听人说，这种现象叫“赌神爷收门徒，先给甜头尝”，印度帅哥果然只是尝了一下甜头，接下来便收获苦果，持守不住欲望，终将掉入深渊。

偷渡大叔说百家乐对于新手比较来说容易，无论押大押小，赔率都是1:1，他得意地向我说起一位旅客教他的高招，有专业词汇——跟赢反输，我却听得迷迷糊糊。而后站在俄罗斯轮盘旁看几位中国人下注，每个点都放筹码，下的注也很大，像暴发户般用中国话叫嚷着，颇有些赢钱的气势，结果势气压不住运气，都输给了庄家。拍着桌子喊叫，牌品看出人品，修养实在不够。

我俩吃完九点的自助餐，再看一场人妖表演，走出闷热的赌场，瞬间觉得加德满都夜里的脏空气也有了沁人心脾的爽意，坐上酒店免费的巴士回泰米尔区住所。

（十三）我的吃货底线被打破了

都说，物产越丰富的地方人越能琢磨吃的艺术，生在中国，面对庞杂的饮食文化，我首先就有了作为吃货的资本，而每一次旅行我都把它变成一场除了探寻文化，就是各处觅食的旅程。即使是在尼泊尔这样的穷邻居家里，我也忍不住东嗅嗅西闻闻，追寻着美味的馆子。

在尼泊尔没吃正宗尼泊尔菜，再来份甜到嗓子眼的甜品，那怎能叫入乡随俗。

尼泊尔当地菜主要是叫作“daal bhaa tarkari”的扁豆汤配米饭和咖喱蔬菜，有些餐馆还会加入泡菜、酸奶和扁豆粉煎饼，这种菜式像极了印度的塔哩套餐。我又再次学着当地人，有模有样地轻舀勺扁豆汤浇到米饭上，用右手的拇指、食指、中指灵活地顺着米饭外圈，一小口一小口地搅拌并捏成团，送到嘴巴里，整个过程自然流畅，就连当地人都夸赞，吃法很像尼泊尔人。

说起吃饭动作，这真有赖于在印度的生活经历，记得在印度初见当地人吃饭时，对他们手指如此灵活感到惊叹。我第一次吃手抓饭时，由于手指笨拙弄得满嘴污渍，无比狼狈。即使如此，对吃货来说，最平民的食物往往有着最尼泊尔的味道，能够用这种方式体验当地的风俗，我也甘之如饴。

尼泊尔餐饮受印度和西藏的影响非常大，配料为咖喱粉、孜然粉、香菜粉、辣椒等多达十几种，以素食为主的尼泊尔人，用这些配料与各种蔬菜烹调出各种菜式，不似国内丰富，但按着菜单寻味也能暂时满足一下游人的味蕾，藏式 momo、菠菜奶豆腐、什锦咖喱鲜蔬、孜然青豆米饭……最经济的炒面，每家馆子的味道也不同。

如果你足够勇敢，当地纽瓦丽食谱，有许多用动物器官和体液烹煮的菜式，比如把香料吹入肺管，再煮熟切片油炸的 swan-puka、掺着脾脏上面还漂浮碎骨的米酒 bul-la，还有带皮的生肉排 jan-la……看完做法，我承认自己胆怯了。

在巴德岗的杜巴广场附近有一家纽瓦丽餐厅，与同行的两位行者决定去尝试地道菜，结果我只点了份香辣酱拌生牛肉，有点腥有点麻还有各种香料味混在一起的味道，实在是难以消受。我接受食物的底线被它打破了，要了罐啤酒咕嘟，过了好久味道才散去。

◆纽瓦丽本地餐之重口味程度，连我都有点胆怯，如果你是勇敢的行者，不妨一试

甜点通常是人们（尤其是女性）很难抵抗的美食之一，但尼泊尔甜品从来不负“甜”字，甜蜜程度足以让味觉爆棚，尤其是叫作 julebi 的橘色蜜糖，只一口就能惊吓住味蕾。加德满都古城区的神庙旁，有几家专门售卖 LASSI（拉西）的甜品小店，这种尼泊尔最具人气的饮品，口感与酸奶相似，较之更为浓稠，当地人喜欢三三

两两地站在街头边喝边聊天谈笑，这也是当地最常见的下午茶悠闲时光。

尼泊尔的幸福感与金钱无关，一杯只要15卢比的饮品，也能带来满满的喜悦，食物的性格对人的心情有很大的影响，那些暗示愉悦心理作用的超甜品，其实也是尼泊尔人的另一面，它们的甜蜜就是尼泊尔人简单快乐的源泉。

尼泊尔已成为旅游圣地，自然也不缺世界之味，来自印度、日本、泰国、墨西哥、中东、法国的菜肴分布在加都的各个角落和街巷，餐馆的味道就是国家的味道，在尼国菜之外，如果有时间穿梭于错综复杂的窄巷里，慢慢地寻找乐趣，完全不亚于探寻宝藏的激动。

爱旅行，爱美食，逛街逛吃才是人生，即使是再小再穷的国度，也会有最地道的美味，只要放下成见勇于尝试，就能锻炼出有世界观的口感，美味是另一种地图。

（十四）路上的缘分

在路上走得久了，发现自己越来越相信命运这种东西，世界那么大，因为旅行，不曾约定的有缘人却总会偶遇在海角天涯，冥冥之中就像命运的安排。在越南遇到的加拿大女孩Jenny；又在印度与日本情侣不期而遇；一个画家和建筑师在马六甲和滨城开车载我环绕整个城市；在印度无数次重逢的晶晶和TQ；在缅甸大金塔下遇到热情的国民党后裔大叔……

此外，还有着数不尽的遇见，旅行的路上风景很美，每一次相遇的缘分，都吸引着我。日记本里收藏的每一个人，每一段事，有欢乐，有忧伤，有遗憾，有感动，回忆起来都是人生百味。

在城市生活的人，因为各种原因身上往往包裹上一层保护膜，看似安全，却也把真诚隔离。旅行是放下伪装真实面对自己的机会，所以我在路上遇到的很多人，他们却容易打开心扉，愿意讲述或倾听对方的故事，在交流过程中让自己有所感悟或对自己的生活有新的认知，而这也是我喜欢在路上的原因之一。

加都的青年旅舍人来人往，每天除了与另外三位大侠坐在大堂聊天，就是看着旅者来往

◆佛说，真诚就是力量，路上的缘分最让人珍惜的是坦诚相见

穿行，用背包的高度和外观判断猜测旅客的种种经历，看似无聊的举动，有时跟旅客熟络后，谈起自己当时的猜想，这倒也成了一个话题，能牵出很多背后的故事。

一天，当我坐在大堂和别人聊天时，一个短发女生风尘仆仆地走入了我的视线，有些眼熟又一时有些恍惚，定眼一看，是姗姗，相见惊喜又惊讶。四年时间，除了头发剪短，其他都没有变，脸上的痘还在，并操着一口北京腔。遇见她，又想起2009年在西藏发生的种种，西藏是一个情结，每次去都有太多的记忆留存，纳木错载歌载舞的欢乐与同伴酒后高原反应差点永别的惊险，历历在目。

这次，姗姗是故地重游西藏，听说我在尼泊尔，便想试试运气来一次偶然的重逢，缘分奇妙，真的如她所愿了。于是，我们一起逛着泰米尔的大小店铺，一起寻找隐藏的美食，互相聊起这几年彼此生活里发生的琐碎事情，感觉一切都如几年前那般亲切熟悉。

路上的人，分开时也不会婆婆妈妈、儿女情长，一个拥抱，一个微笑，人生旅行不会结束，我们会在某个转角再遇。从巴德岗回来是我离开尼泊尔的日子，她的行程还要继续，当清晨坐上开往樟木的面包车时，手机收到一条短信："路上的缘分只说保重，不说再见，祝我们好运，在下一站重逢。"

1. 住宿

（1）路晟·加德满都阳光客栈 Lucien ·Yuan Yang Sunny Guest House

地址：Amrit marg Jytha，Thamel，Kathmandu，Nepal，Thamel，

44601

多人间：200 卢比

（2）ACME guest house

18USD

地址：Thamel | PO Box 10506，Kathmandu 10506，Nepal

（3）Ambassador Garden Home

地址：Chaksibari Marg，P.O. Box 9681，泰美尔，加德满都

2. 餐饮

（1）Old Tashi Delek Rest

地址：位于 Thamel 中心

主要经营藏式菜肴，特别推荐 richosse momo 汤和菠菜蘑菇玉米卷饼，后者是一道味道非常不错的介于中国西藏风味和墨西哥风味之间的菜肴。

（2）Bhojan Ghriha 餐厅

地址：Bhojan Ghriha，Dilibazar

传统尼泊尔菜，席地而坐，一边品尝着正宗的尼泊尔餐，一边欣赏尼泊尔传统舞表演，菜单上的主菜值得尝试。

（3）The Third Eye Restaurant 第三只眼餐厅

地址：hamel，Kathmandu，Nepal

装修古典雅致，在加德满都算是较高级的餐厅，主营印度菜，推荐哈辣烤鸡，蒜蓉薄饼（Garlic Naan）的味道也不错。

（4）红场餐厅 Red Squar’s

地址：Thamel Street，泰美尔，加德满都

加德满都遍布各国餐厅，尼泊尔餐吃过几次，也可以试试其他国家的菜了。不用亲赴俄罗斯就可以吃到俄国菜，店主来自俄罗斯，俄国菜值得一试。

（5）Or2K

地址：靠近 Thamel Chowk

中东素食餐厅，老板是以色列人。脱鞋坐在地垫上用餐，食物新鲜可口，我最欢可丽饼和外带的炸土豆丸，这家餐厅在当地十分受欢迎。

五 帕坦，色彩下的艺术王国

（一）做客尼泊尔人家

从加都到帕坦的公车上，因为临近洒红节，车上的人很少，一个我在路晟旅社认识的男生雷鹏，还有两家尼泊尔本地人，冷清也热闹，因为有孩子。小孩总是很可爱，让人有亲近感，坐在我前排的小姑娘，爬到座位的靠背上，大大的眼睛长长的睫毛，盯着我这个外国人，刚开始怯生，不说话，我一逗她，就“格格”地笑起来。他们在科达里工作，从加都转车回帕坦过节，为生活辛苦奔波的人遍布世界。

一家人的英文都不太好，我们这一路的交流基本靠手势，磕磕绊绊才知道小女孩叫Lada。说他们是在科达里一家小店里做石雕生意，因为过节比较忙才回家这么晚，他们大包小包里装着很多食物，捧在手里让我和小雷品尝。瞧了一下整块黑黑的蛋糕，又看了一下他们热情的笑脸，盛情难却，狠心掰了一小块放进嘴里，淡淡的巧克力味夹杂着一些草香，还不算难吃。又拿了块大点的，一家人微笑又满足地看着我。

这让我想起，小时候邻居之间的故事，他们有好吃的食物总是会拿出来互相分享，看着我一大口一大口地食用，对他们来说是种幸福，而对我来说，没有比这种尽情地吃，更能表达对他们的尊重和感谢了。此时的我和小鹏，也把放在包里的几小块威化饼，全部给了 Lada，一来一往，小女孩与我更加熟络起来。

快到站的时候，Lada 笑着，边说不熟练的英文边用手比划着问我，要不要去她家做客，我看着小鹏征询他意见，聪明的 Lada 即使只有 6 岁，却也懂得察言观色，立刻变成邀请我俩。有了安全护卫，我自然欣喜答应下来，下了公车后换辆 tutu 车，一起摇摇晃晃地向市郊出发。

◆ Lada 家很有艺术感的门

Lada 的爸爸带着我们到她家附近的菜市场买菜，询问着我们想要吃的食物，我却对菜市场十分感兴趣，把买菜的任务交给他和小鹏，自己逛起了菜场。

尼泊尔的菜市场特别有趣，小贩们盘腿坐在蔬菜中间，蔬菜品种与国内差不多，用的计量器是很古老的盘秤，像天平一样中间有一把铁尺，两端各吊着一个铁盘，一个装砝码，一个装蔬果，旁边的当地人选好菜后用尼泊尔语互相交流。

在我的印象里，在我上小学的时候还有这种盘秤，小贩们每天从街头走过，响亮的吆喝声吸引村民探头张望，围在一起讨价还价后挑选称重，这场景与此时的尼泊尔真有几分相像。

卖鱼的摊位上，摊主把鱼称重后，然后转移到地上一把既宽又长的立刀旁，脚踩着刀的底座，鱼置于向外的刀刃前，上下来回翻转几次，鱼鳞就被刮除干净，开膛破肚，清理肚脏，整个过程只需短短两三分钟，方法简单迅速，我看得我有些眼花缭乱。

◆鱼市一景

◆尼泊尔的猪都装在竹编的篓子里

买菜结束回到家，为了感谢他们的盛情款待，我提议做两道中国菜，虽厨艺不精，但做两道素菜还是能胜任的。Lada 在厨房里帮着洗菜——青椒、土豆丝、茄子、豆角，Lada 的妈妈在一旁做咖喱汤、尼式红鱼肉等尼泊尔餐。我站在一旁偷师学艺，看着她往锅里大把大把地放调料，尼泊尔餐真是调料品的炖煮宴，比起中餐可算是重口味了。

Lada 一家坐在地板上，绿油油的芭蕉叶上放着尼泊尔餐，还特意为我和小鹏铺了块地毯，用精致的盘子盛着食物，刀叉整齐地摆在盘边，中餐也是专为我俩准备的，这在尼泊尔算得上贵宾待遇了。在印度达拉顿偶遇的一个青年家里，也有过同样的礼遇，每每想到这些当地人的善良和质朴纯真的待客之道，总是感觉有些温暖。

◆去往 Lada 家时，路遇的尼泊尔妇女们，热情又大方

尼泊尔人的亲戚大部分都住在同一个地区或村庄，饭后 Lada 带着我俩走访亲戚、去基督教堂听唱诗班的歌声、看美剧，一蹦一跳地向所有人介绍我们的到来，显得骄傲和自豪，这单纯可爱的表情，把我俩也逗乐了。直到夜深我们才回到 Lada 家。

帕坦郊区为节日的到来存储电力而暂停电力供应，夜空越发显得清亮透彻了，银河蜿蜒，星星密集璀璨，北斗七星明亮闪耀，我抱着被子爬到屋顶，Lada 和小鹏也执意不肯回屋里，我们三人以屋顶为床，数着星星，入眠，这是尼泊尔意外的美好。

明天就是尼泊尔新年了，我在帕坦的第一天，提前沉浸在节日的欢乐气氛中，想到明早要离开，还有些恋恋不舍，搂着 Lada，望着星空，久久才睡去。

Coca-Cola
DSQUARE Cafe
the third world
DSQUARE Cafe

（二）无色不欢的尼泊尔新年

中国庆祝新年大多是与家人团聚，围坐在一起吃饺子、汤圆、年夜饭，放鞭炮，我们是一种团圆的吃文化，但在尼泊尔，他们则是以色彩和热情来迎接新年的到来。每年三月的尼泊尔，天气晴空万里，暖风和煦，按尼历，洒红节是11月白半月的第8日，这天就是春节的开始，迎春的热闹要持续七天之久。

这天，几乎所有的店铺都关门谢客，放假与自己的家人或是朋友们过一个愉快的节日。八点刚过，当地人便开始出动，密集的人群出现在大街小巷向杜巴广场延伸涌动，还不时地用手里的水袋和颜料向周围的人们喷洒，拥挤的感觉，仿佛整个帕坦城的

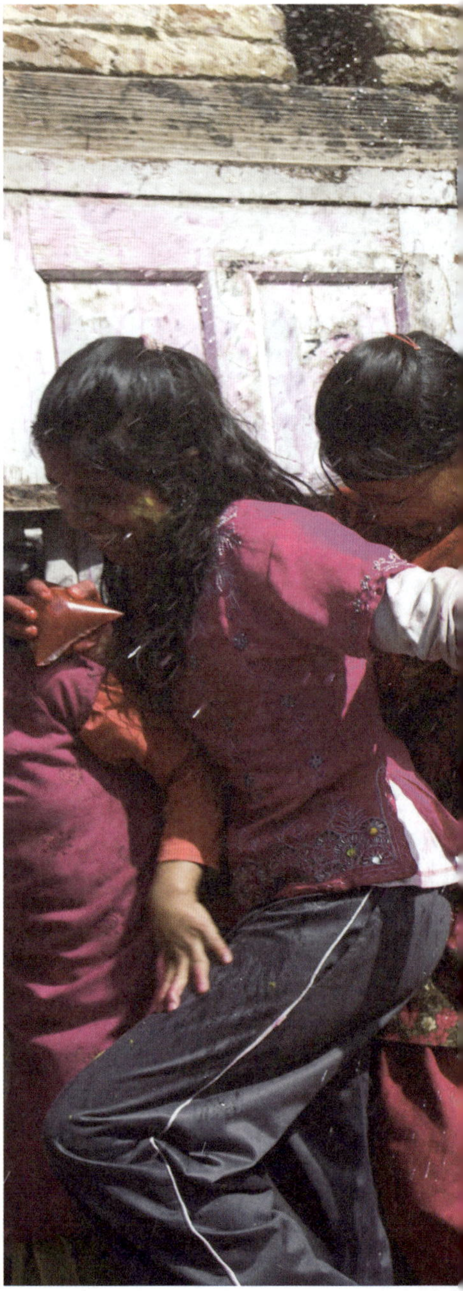

◆向人们泼水抹粉是特别友善的行为，代表着好运，是为对方洗掉一年倒霉肮脏的东西互相涂抹，为彼此祝福，这是一个互动性极强的节日

人都集中在这里欢呼一般。按照当地的风俗，向人们泼水抹粉是特别友善的行为，代表有好运，是为对方洗掉一年倒霉肮脏的东西。互相涂抹，为彼此祝福，这是一个互动性极强的节日。

向来入乡随俗的我，来之前就早有预备，穿着那件快要破洞的薄T恤，头发用围巾严严实实地包裹好，装扮得像个当地人，加入了狂欢的队伍中。

时而轻快时而激烈的音乐穿透每一个角落，帕坦城被欢乐的气氛包围，抬头看，抛洒的彩粉已把天空都染成五颜六色。淘气的小孩们爱搞突然袭击，除了往身上洒粉外，还喜欢用水袋砸向你，背后时不时有一股清凉滑落。

街巷两侧高处的房屋看上去门窗紧闭，没想到有些窗户会悄悄地开启，突然间一盆颜料水从天而降，让你湿淋淋地体验节日色彩。我把当地人赠给的水和颜料抛洒出去后，双臂不由自主地跟着节拍挥舞起来，扭动几下极不灵活的身体，沐浴在色彩的海洋里，迎接不一样的洗礼。

◆整个城市被色彩覆盖，这里是色彩的海洋

只有全身心投入，你才能像当地人一样感受到节日的喜悦。衣服上早挂了彩，脸上已被各种油彩涂满，只露出一双眼睛和一排白齿，一个用来记录，一个用来大笑。望着那些狂欢的人群，他们陶醉的表情，疯狂的舞姿还有灿烂的笑容，我想把它们一一定格记录在脑海里，再高端的相机也拍不出此时现场的欢腾气氛，唯有记忆，它像一台自动录影播放器，能带我重温最欢乐的场景。

◆油彩涂满的脸，只能看见清微笑时一排排白齿

持续七天的节日，他们会在泼洒和涂抹的过程中，为彼此赠送欢乐，为彼此祝福，尼泊尔人用色彩创造了一场盛宴。有人说，尼泊尔人的心情就像吃了糖果一样，非常开心和甜蜜。但洒红节不过是尼泊尔 300 多节日中的其中一个，几乎每天都沉浸在节日欢乐气氛中的尼泊尔人，也难怪会被称为世界上幸福指数最高的国度，对他们来说，快乐很简单，只需要跟着节奏舞动身体。

（三）音乐，尼泊尔人的血液

与加德满都仅有一河之隔的帕坦，是尼泊尔最古老的城市，面积不大，所以大多数游客只对它匆匆一瞥，我绕着杜巴广场一圈浏览古迹后便去其他城市了。昨天的洒红节结束后，我还是固执地找了一家旅馆，准备看一眼清晨阳光下的古城。

旅馆老板的年纪与我爸相仿，戴着一顶喜马拉雅山帽，笑脸迎人，特别亲切。节日第二天，还沉浸在欢乐中的他，清早就打起手鼓伴奏，自哼自唱，陶醉其中，我拿着一片面包当早餐，坐在他旁边，跟着节奏，面包被当成乐器，被啃出一个个音乐符号。呆在帕坦的第三天，我被音乐点燃了。

原本打算早餐过后去古城溜达，但因为老板的手鼓，临时改变了计划，讨教起了关于尼泊尔音乐和乐器的问题。我的旅行总是不按计划来，充满变数，而我却乐在其中，计划之外，常常充满惊喜。

如果把尼泊尔比作是一个人，那音乐就是它身体里流淌的血液，滋养着尼泊尔人的生命，伴随着尼泊人的一生，从牙牙学语、恋爱情欲、婚嫁迎娶到宗教祭祀，以及生命的终结，音乐，是他们不可缺少的部分，无论城市乡间，日常生活中随时随地都可以听到音乐的响声。旅店老板说，在尼泊尔大部分歌曲都是用来歌颂神灵，赞扬他们的功德，节奏欢快轻松，朗朗上口，传唱度极高。

◆音乐是尼泊尔人的血液，小小的乐器店摆满了各种乐器

话音刚落老板又打起了手鼓，简单淳朴的旋律，伴着吟唱，

◆从音乐世家流落出的钢琴，与宫廷乐师有着一样的命运

每一个音符如同穿着纱丽的少女精灵，翩翩起舞笑靥如花，让我的身体不知不觉地随着音乐随意摆动起来。旅店老板说起自己的识乐经历，事实上大部分尼泊尔人对音乐都是无师自通，家家户户都有几样乐器，节庆聚会有即兴的表演，他们从小耳濡目染，自然而然也能吹拉弹唱了。

帕坦因为节日的原因，原本很多家开门迎客的乐器行，此时只有两三家的店铺摆出乐器。散步到旅馆附近的小店，轻轻叩响门上的拉环，推门而入，整个音乐世界便展现在眼前，尼泊尔的古典乐器、藏式乐器、西方的吉他等，一应俱全。随便拿起一样，店主都能演奏一段，乐感从清脆到浑厚，变化之多，曲调之非富，把尼泊尔神秘、独特的民族风情展现得淋漓尽致。

尼泊尔有专门从事音乐活动的艺人，分别叫达曼依和盖雷。后

者本是宫廷乐师，因不同时期皇室的兴衰，命运也跟着起起伏伏，到皇室解体的时候，大多沦为了流浪艺人。角落里放着一架木质的钢琴，琴键上蒙着薄薄的灰尘，它也曾有着尊贵的身份，据说是从某个音乐世家流落出来的，后被古董商买走，店主无意间又从古董店淘到，放在了自己的乐器小铺里。店主指着钢琴说，宫廷乐师与它相似，命运造化弄人，也同样适用于物。

离开店铺前，应我之邀，店主用萨伦吉四弦琴弹奏演唱了一首完整的曲子，尼泊尔语的发音如同梵语般有磁性，这种动听无法用清晰的文字阐述，我只能闭着眼，安静地听，把它留在回忆里。

六 巴克塔普尔，追寻的脚步

（一）静静流淌的历史

英国著名旅行家鲍威尔曾说过："就算整个尼泊尔都不在了，只要巴德岗还在，就值得你飞越半个地球来看它。"这句话是对巴德岗的极高赞誉，而我也是因为这句话才决定在这里多停留几日的。

从加德满都乘坐大巴约四十分钟即可到达，出示中国护照，只要 100 卢比就可以买到门票，这也许是尼泊尔唯一一个中国人可以受惠的景区了。浏览小城最好的方式是步行，我穿着在印度买的暗红纱丽，假装很像当地人的样子，独自悠然地在广场上溜达，光影穿梭中，想着这座城池的前世和今生。

被称为"稻米之城"的巴德岗，是尼泊尔的第三大城市，是尼泊尔中世纪建筑和艺术的发源地，全盛时期有 172 座精美的神庙和佛寺，77 座水池。经历了数百年的风雨后，1934 年一场 8 级地震，几乎给它带来了摧毁性的灾难，工匠们数年的艰辛修复，才使得它重现了部分原貌。据说，巴德岗能保留这么完整的历史气息，还要

◆巴德岗市井生活的节奏没有因为时间而改变，它是一座活着的古城

LAXMI GUEST

SCHOOL
AMASTE CYBER CAFE
OINT COMPUTER INSTITUTE

归功于德国人。70 年代，在德国人的资助下，小城开始有计划地重新铺路、兴建城市排水系统和污水管理设施，并重点修复破损建筑。今天才有了这样既干净又保持了原貌的美丽古都巴德岗。

◆早早工作的手艺人

巴德岗共有杜巴广场、陶马迪广场和塔丘帕广场三大广场，面积大小依次排序。杜巴广场长达 500 年的马拉王朝王宫，宫殿、庭院、庙宇、雕像齐聚一堂，最著名的有以精美木雕闻名的“55 窗宫”，它享有“中世纪尼泊尔艺术的精华和宝库”的美誉。

陶马迪广场正北有一座建于1702年的尼亚塔波拉庙，高30米，是尼泊尔以及整个加德满都谷地最高的庙宇。自下而上的五层台基两侧依次排列着足够两人高的巨大石雕，最底层是传说中十分有力量感的金刚力士——加亚马拉和帕塔马拉。而后是塔基平台的守卫像，依次拾级而上是配有雕花象鞍的大象、挂铃铛的灵气石狮、狮身长角的神鹰兽，最后是 Baghini 和 Singhini 两位女神，每个石雕都拥有比它下一层雕塑更强 10 倍的神力。庙内供奉的是杜迦女神像，神情恐怖，只有神庙的祭司才能进入神殿内，关于尼亚塔波拉神庙的建造，据说是马拉国王为了改变拜拉弗纳特庙印度教湿婆神面目憎恨的形象，才采纳高学问学者的建议修建的，从此那里的湿婆看去就温和安祥了许多。

◆尼亚塔波拉庙由下而上的雕塑，每个石雕都拥有比它下一层雕塑更强 10 倍的神力，是印度教里典型的等级分配

呈矩形状的塔丘帕广场，是中世纪巴德岗古城三个广场中最后的一座，也是巴德岗最早最古老的中央广场，昔日的巴德岗皇宫就坐落在这里了。

从最高的建筑尼亚塔波拉庙拾级而上，整个建筑群尽收眼底，砖红色的平顶房和砖石佛塔一同演绎着这座城市的质朴和沉淀。

这座古城睡得早醒得早，天刚亮，我就踩着刚被清洗过的湿润的石砖路，四处闲逛，城市的灵魂也只有这样才能被真正触碰。穿着深蓝色校服的学生们从身边经过，他们的笑容如花朵般灿烂；妇女们聚集在深井边汲水，传来水与锡器轻脆的碰撞声，像回到了久远的中世纪；码得齐整的自行车水果摊流动在街巷，停在柔光里称重时，像一幅油画般生动；贩卖蔬菜的妇女们穿着艳丽，额头涂着蒂卡，蔬菜上的露珠还在……这些真实的场景是巴德岗最鲜活的存在，是他们不曾改变的生活方式。

◆尼泊尔重视义务教育，校方统一制定的校服，剪裁合体，做工细致，很有英伦学生的高雅范儿

◆水井旁原始的打水方式，当水声触碰锡壶的瞬间，有种回到远古的错觉

下午时光，在这些几百年的建筑群间，男人们戴着传统象征荣誉的喜马拉雅山帽，在庙宇古老的木廊上休息聊天，孩童们在塔庙上攀爬嬉戏，雕刻艺术家们在自己的门前进行纯手工创作，慵懒的小狗们在塔庙下呼吸均匀地酣睡，一切的一切，在这里和谐安详。古老的建筑因为巴德岗人而有了生命力，这里的历史因为巴德岗人而继续流淌，它是一座活着的古城，因为巴德岗人，它还会继续活着。

（二）既保守又开放的印度教

巴德岗有三座广场，各种塔庙林立，每一座精美的建筑都讲述着不同的宗教故事，供奉着不同的神灵。印度教共有三大神，创造之神梵天、保护之神毗湿奴以及毁灭之神湿婆。巴德岗有许多寺庙供奉着湿婆，最具代表意义的图形就是林伽，尼泊尔的妇女们几乎每天都要供奉这一具象征生殖图腾的神像，祈求家庭人丁兴旺幸福美满。

说起印度教，还不得不说一下它矛盾而又有趣的教义。印度教本身强调性爱，它认为这项运动可以体验到人体与宇宙合一的情景和一种最接近于神的真实境界。它既是纵欲享乐的宗教，也是禁欲苦行的宗教，苦行僧就是极具代表的禁欲派。去过印度的旅客都知道印度教宣扬禁欲，在公共场合和火车站还设有女性专用的房间和车厢，走在尼泊尔的街上，妇女们穿着严实，不允许太过暴露，但在巴德岗神圣的朝拜之地，却有可以大胆露骨的性爱雕刻，矛盾又和谐地共生着，印度教太奇特，这就是其一。

◆面红耳赤的场景，尺度之大超乎所想

塔丘帕街旧城广场是中心广场，镂空的木柱雕刻细腻精致，横梁上的人物佛像造型各有特点，他们的宗教含有生殖崇拜，所有雕像都是围绕着性爱主题雕琢的，面红耳赤的场景，尺度之大超乎所想，男与女，神与兽，木雕石刻的画面细致生动逼真。一旁的尼泊尔导游向几位中国游客讲起上面图案的来由，讲印度教对人性最根本欲望的探索，印度瑜伽姿势与性爱的联系，讲的内容繁多又深奥，而游客们却只专注在眼前的雕刻上，图形表现太具吸引力了，言语表达显得无力而微不足道。巴德岗人在那么多年前就用雕刻把画面纪录下来，称之为艺术，流传至今，徜徉其间，视觉感受的震撼不亚于欧美艺术博物馆的珍品。

行至不同的国家，体味到不同的文化，站在自己国家的背景下看世界，除了惊叹于它们与我们之间的差异外，我更明白了自己为什么爱上旅行，对未知文化的探知渴求，这是它的魅力所在。

（三）纽瓦丽人的窗

纽瓦丽人是尼泊尔 60 多个种族人群之一，人数占总人口的 6%，但他们在建筑、艺术史上的成就，却影响着整个尼泊尔。在马拉王朝时期，工匠艺术就已登峰造极，现在所保留的精美宫殿寺庙，细到木雕石刻、陶器、金属造像，大多都是出自纽瓦丽人工匠之手。2010 年上海世博会上尼泊尔馆展出的木雕，由 400 位工匠耗时 2 年完成，尼泊尔把传统艺术再一次向世界展现，从而带动了经济发展。

我对镶嵌在古王宫旁布加利寺红色外墙上的孔雀窗尤其偏爱，它们是木雕艺术的经典代表之作。开屏的孔雀圆润丰满，呼之欲出，每一根翎羽都纤毫毕现，栩栩如生，阳光穿过缝隙间照亮屋内，既有装饰作用又能采集光源。那 55 扇黑漆檀香木雕花窗的王宫，55 窗一体相连，红墙黑窗，蔚为壮观。还有无数的门楣、廊柱、神佛、器具的木雕，繁复的雕饰，精湛的工艺，精细的程度，让人惊叹，巴德岗不愧是尼泊尔的艺术中心。

◆纽瓦丽人的窗子

每每穿行在街巷，巧夺天工的古老窗户里，总会突然间冒出几个活灵活现的人物，有时是稚嫩的少女，有时是调皮的少年，有时还有老人们静寂的俯视。精美的窗户变成一幅相框，镶嵌着当地人的所有表情，又像是巴德岗人的眼睛，我在楼下仰望，他们在楼上看我，世间的一次偶然相逢，我们变成彼此世界里的风景，留在各自的回忆里，装饰着各自的人生。世界的神奇，从这些窗子里开启。

Nyatapola Guest House 的老板是有出色木雕技术的纽瓦丽工匠，更巧的是，他也是参与 2010 年世博会雕刻的其中一员。对纽瓦丽人艺术贡献早有耳闻的我，自然不会错过与他讨教的机会。

◆ Nyatapola Guest House 的老板是位出色的雕刻工匠，自从参与过世博会尼泊尔馆的木雕后，订单也变得多起来，世博会把尼泊尔的手工艺业又一次展示给了世界

楼下的工艺品店，人气兴旺，游客们时不时前来询问，如果感兴趣还可以参加这里的培训课程。学着他们，我席地而坐，像模像样地在一扇窗户的雏形上敲敲打打。这项技术对工具掌控和气力的应用都十分讲究，即使上面覆盖着花纹图纸，也阻止不了我笨拙的手老是打偏，惹得一阵哄堂大笑。看似简单的敲打，蕴藏着纽瓦丽手工的太多精华，怎是我这异乡人可以轻易学会的。我老老实实地坐在旁边，静静观赏他们其实也是一件赏心悦目的事。

一扇窗，两个工匠，三个月才能完成，在现代化工具日益发达

◆古老的窗户像一面巧夺天工的相框，镶嵌着活灵活现的人物

并广泛运用的当今，纯手工作制作还能如此一代代相传实在难能可贵，也许这种专注的精神造就了尼泊尔人极致的“慢生活：因为这种慢，才使我抵达时迅速喜欢上了它悠闲、独特的气质。

（四）体验不同的制陶技艺

我对巴德岗的喜爱，不只有精致的木雕，还有当地的制陶工艺。位于杜巴广场西南端的陶工广场（Potter's Square），历史极为悠久，有着“陶都”的美名，两三百年前它就以制造陶器而闻名，尼泊尔

70% — 80 % 的陶器都是出自此处，由此可见它的重要性了。这里的制造工艺还很原始，所以，在巴德岗的几天，我几乎天天都要来此报到，在阴凉下坐一小会儿，看着当地人慢悠悠地制作。

在中国，烧窑是个技术含量很高的工序，因为烧制温度和烧制时间的细微差别往往决定了陶瓷的成败和质量。我曾在景德镇参观过烧陶器的工厂，也曾参观过历代的陶瓷器具，有着繁复而细致的制作工艺，再看那些珍贵传世之作的介绍，就能感到尼泊尔当时的烧陶技术已经很高超了。可是在巴德岗，看到的却是简陋的工具和简单的工序，不禁让我有些怀疑，这样的工具真的能做出来吗？据说，这种烧制方法还是以前从中国传过去的，当地人把它一直留传到现在。

泥土看着很粗糙，他们用简易的一种机器把泥土搅拌均匀，再经过手工揉泥，像挤牙膏一样挤成长长的圆柱形，放到转动的圆盘上拉胚塑形，而后再稍加修饰雕琢，刻上传统纹样，转移到广场晾晒，而后在很简陋的土窑里一层陶器一层稻草垒起来，盖上稻草、泥土开始烧窑，最后一步用漆料上色。广场上每天都有成千上万的陶器在铺晒，场面颇为壮观，重点是稻草露天堆烧，古老且原生态，一方水土养一方智慧，这在国内早已很少见了。

尼泊尔从事制陶行业的大多是家庭作坊，少数的妇女和老人们也参与，男人搅拌泥土，拉胚捏制，女人、小孩和老人们负责晾晒涂色，然后卖到市场。广场周边的很多房屋是典型的红色砖房，门廊低矮昏暗，临街的一间房子就用来制作陶器，后面和楼上的空间则用于生活起居。靠近门口的地方放置着一个陶轮圆盘，男人们白天就在这里借助室外的光线制作陶胚，这份古老的手艺、古老的产业在他们手里，一直延续流传着。

我在一旁看着他们忙碌，忍不住想要上手试试，当地人的热情和善也总是能让我如愿。有一对夫妻从事制陶行业，他们用赚来的钱抚养6岁的女儿，后来聊起陶罐的价格，他们告诉我，小的卖5卢比，这种陶罐被当地人用来盛满洁净的清水，拿到寺庙里敬献给神。大的也不过20卢比，用来储存水或其他液体，还有其他各式各样的器具，传统日用器皿、佛事宗教用品结合现代人审美需求的新品种，全部应用在尼泊尔人的日常生活里。价格便宜，夫妻俩一

◆世代流传下来的手艺，看似简单，却是民族工艺心血的所在，巴德岗陶艺就将在他们的手中永远传承下去

天最多只能捏制20个左右的大罐，工作非常辛苦，收入却很低，养家十分辛苦，但他们很知足幸福。

男主人拿了块泥土递给我，然后教我操作的方法。他把泥团揉制数下挑出里面的粗糙颗粒，然后将泥团放到陶轮，随着快速转动的转台，准确合理控制双手的力道和手势，这样瓷胚才能完整美观。

我虽多年前在景德镇小试牛刀，看上去程序方法相似，但这里的泥质厚重，手感却完全不同，一个小小的碗胚因为无法控制好力度，被我弄得左歪右扭，站在一旁的小女孩都乐了。重新回到男主人的手上，他三两下就整理出了完整的模样，制作的技巧全在手上，所谓手艺人，只有常年累积锤炼才能使技术炉火纯青，男主人世代流传下来的手艺，看似简单，却是民族工艺的心血所在。

傍晚时，广场上的人们开始慢慢地把陶器搬运回家，阳光漫洒在陶器上，黄色的光晕更是激发出它们朴实的质感，或弯腰或站立的人，影影绰

◆尼泊尔的陶瓷全部以手工制作完成

绰，这是巴德岗劳作着的制陶者们收获的一天。只要这样的生活继续，巴德岗陶艺就将在他们的手中永远传承下去。

（五）男人啊，你得再胆大点

在旅馆住的时间长了，有共同话语的旅客便熟络起来，也能把自己放敞亮了。

隔壁两屋各住着来自云南的文艺妹小冉和来自香港的阿辉，他俩在奇特旺相遇后，又结伴游玩尼泊尔其他城市。

巴德岗的小巷里隐藏着许多小店，与他们同住的几日，我们一起在街上溜达，然后在一条条的古巷里淘宝，徜徉其间，惊叹之余，我们的聊天从讨论店铺主人们雕刻门窗的技术，到绘制唐卡时的配色要求，再到佛像的年代鉴别，慢慢地转移到了谈论各自的情感话题。

阿辉的港式普通话非常流利，讲起他与小冉共处的十几日，从陌路人变同伴，到现在心生好感，而后因种种犹豫不敢上前表白。原来我在手工银饰店的直觉是正确的。那时，他挑选了几款项链放在手心，让我帮她选，说，要送给最近认识的一个人，再联想起他看小冉的眼神，分明是恋人才有的着迷。眼睛是心绪最诚实的朋友，它会毫不保留地透露心的动向。羞赧的 24 岁的小伙犹犹豫豫，顾虑得真是全面，把我推到知心姐姐的位置。我也只能出出主意，给他讲起了自己在越南时所遇的加拿大女孩 Jenny 的故事。

Jenny 在巴厘岛独自旅行时，艳遇了一位帆板教练 Tomar，同

◆古老的帕坦城，际遇了不知多少爱情

样的年纪同样爱玩，两人顿时互生好感。此时 Jenny 要面临继续旅行后回加拿大还是留在巴厘岛的两难选择，而 Tomar 是个穷小子，不可能来一场说走就走的旅行。

我和 Jenny 在越南相遇时，听她讲自己的这段情感以及纠结，印象最深的是最后的总结语："follow your heart ，everything will become true。"

他们分开已经有一年有余，前几日，在 facebook 跳出了他俩一起回加拿大定居的好消息，才得知 Jenny 是在结束旅行后从加拿大飞到巴厘岛，给了自己一个完满的答案。

他们的经历像是小说一般励志，想想这种相遇真美好，忠于内心而不是只说一句矫情做作的话。在面对现实中太多不可控因素时，要勇敢选择和认真坚持才有收获。

于是，我对香港的阿辉说："如小冉那般聪慧，应该早已经有所查觉，你还怕什么呢？"

隔天，小冉和阿辉一起返程回加都，而后我们没再联系。无论最后结局如何，不错过生命里的际遇才最重要。祝福他们吧。

◆尼泊尔到处都是天然的色彩画

（六）小城里的爱情

每到一个地方除了感受节日气氛、观看葬礼外，能体现当地文化传统风俗的，就是婚礼了。我在加德满都待的那些天，走街串巷也没有遇到一场婚礼，在快要离开巴德岗准备放弃的时候，却意外见到了尼泊尔的婚礼。后来，我总结发生在自己身边事情的规律，发现很多事情越是有所期待，就越是事与愿违，调整好心态，万事随缘不强求，顺其自然地发展，却时而有意外的收获。

尼泊尔的新人大多是通过媒妁之言成亲的，新人婚前见一面，就轮到双方父母讨论结婚的具体细节，然后请祭司择良辰吉日，发喜帖，订婚宴、布置各家门面，等等，一生中重大的事情完全由不得新人决定。传统婚礼的烦琐耗时也是世界上少有的，从迎娶到过门，两三天的时间，期间还有数不尽的礼数，比如祭司在新郎出发前长达半个多小时的祈福仪式、新郎在娶亲过程中迎接数次的洒水和洒米仪式、新娘父母为新郎洗脚再洒米的仪式，等等，再加上高山小国种族众多，都各有风俗，繁冗拖沓，也只有尼泊尔人的慢性格才能适合这种节奏。

尼泊尔还有一种有趣的婚姻——“果实婚”，尼瓦尔族的女人们一生至少要结两次婚，第一次是在 7 — 9 岁的童年期，举行一场叫“益喜”的婚礼仪式，结婚对象是由其父母特意挑选的，几近完美的青绿色贝尔树果实。小女孩们穿着艳丽的婚纱，画着浓重的眼线，额头朱红的蒂卡会为她们一生带来吉祥。与坚果结婚的仪式通常都是集体婚礼，亲朋好友欢聚一堂，仪式在祭司的主持下隆重庄严，女孩们对着坚果和父母行礼，而后这颗坚果用一块红布包裹，陪在女孩身边，再婚时，“坚果”作为前夫，也不能抛弃，直到永远。

尼泊尔女性的社会地位受印度教的影响，普遍偏低，出嫁的时候，女方通常要补偿大笔的彩礼给男方，娶亲回程的新郎，不仅能带回美丽娇娘，还能带回一小笔财产。结婚后的她们，每天穿纱丽，抹眉心、朱红痣成了必须选项，如果丈夫早亡，则要朱红退去改为

◆新时代的尼泊尔人，自由恋爱结婚，新娘的装扮也可以稍稍有些变化，由红变蓝这不只是色彩的弯化，更是观念的改变

黄砂痣。

随着尼泊尔社会的不断进步，恋爱观也发生了变化，自由恋爱慢慢被双方父母承认，而且新时代的年轻人开始崇尚简约，婚礼步骤一减再减，形成了介于传统和现代之间的新风俗。

我在巴德岗偶遇的这对新人，新郎是在加都工作的牙医，新娘是他的助理，都是从小生活在加都的藏族人，两人从一起工作到恋爱结婚仅一年的时间。这天早上，震耳欲聋的唢呐声几乎响彻整个古城，我顺着乐声来到人群边，一辆用各式各样鲜花装扮艳丽的白色小轿车停在路中间，车旁是准备出发迎接新娘的新郎和亲戚们，新郎西装笔挺，脖子上是一层尼泊尔花环，没有进行传统的礼节，在乐队声中上车前往加都。

一旁的路人告诉我，大概三小时后，娶亲队便会返回，顺着他手指的方向，不远处是一个巨大的户外棚，那里就是婚礼的举行地了，当地人称它为结婚华盖，四面开敞，迎接亲朋的到来。尼泊尔人是热情好客爱分享，华盖设计成这种造型也是有寓意的。除了邀请亲朋外，村里人或是路人都可以来此，喝一杯喜酒，吃一顿婚饭，再为新人送上祝福。

乐队欢乐的演奏从送新郎离开到迎接一对新人的归来，迟续不断，新娘在彩棚前下车，亮片的浅蓝色纱丽在婚礼现场显得格

外炫目。

我问起站在侧面的新郎亲戚：“新娘的婚纱不是要红色么？”

她说：“女孩坚持要蓝色，他们是自由恋爱，男方家长勉强同意了。”

我轻声“哦”了一下，我知道这在尼泊尔的传统里，是很少见的。

新娘开始绕桌子三圈、洒水、点红，接受男方亲友的轮番触脚祝福，再与新郎回到彩棚里，在摆满糖果和红色颜料的银杯银盘前，席地而坐，再接受祭司的宗教仪式，点圣火，念祷文，再洒三把象征生育和富裕的红米，整个热闹的过程大概半个多小时。这在尼泊尔来说，已经算是新式的婚礼了。

华盖里红色的长桌摆满了各种新鲜水果和本地菜，客人可以随意取食，品尝着美食，见证着婚礼，还可以同时观赏当地的民族舞蹈，欢声笑语，载歌载舞，据说这场欢宴一直要持续到深夜。

新娘很美，年轻的脸庞在蓝色纱丽的映衬下，愈发娇嫩了；新郎头戴尼泊尔小礼帽，绅士装扮，英俊倜傥，两人相视而笑，满是甜蜜，他们是尼泊尔的新爱情，是尼泊尔传统婚礼的突破者。

我站在很远处，看着他们，小城的爱情，因为他们而变得格外动人。

后记：离开，不说再见

签证时间一再延续，离开的日子终归还是要到来，但尼泊尔行程的结束，不是旅行的结束，而是下一段探访的开始。有人问，为什么选择背包旅行这种方式？在他们看来也许这是一段苦行，对我来说，它却是一种体验，一种生活乐趣，它是一种享受自然本身的过程，是与自己独处认识自己的契机。经历的每一件事，遇见的每一个人，欣赏的每一幅美景都变成生命的一部分，充实丰盈着自己。

从不懂办签证，遇到突发事自己处理，甚至从路盲一样老是迷路到把自己逼着识地图，路上近一年时间的跋涉，在陌生的土地上我把自己完全交了出去，每一步都有成长的印记。

在印度时很多人问到安全问题， 我总是告诉他们“在有安全意识的基础上，心有不惧，坏事就会远离你”。为自己定下行为底线，学会分辨可信与不可信的人，分析自己所处的环境，还要相信你的气场是具有震慑力的，所有的安全感都来自自身，你就是你的整个世界。

此书记录的是尼泊尔的旅行，更大程度上也是我对此次旅行的一个总结，尼泊尔有很多细节能让我想起其他国家的片段。在博卡拉小旅馆的阳台上看雪山，总是会想到之前看海时的心情和同伴，不一样的视觉载体，因为对那些人的回忆而有了联系；在博卡拉的酒吧狂欢，我又会想起老挝时的酒吧里的歌声；在加德满都看艺术展，马六甲的画家又出现在脑海里，不同国度不同文化，画风却很相似，细看画家出身，原来与马六甲的画家一样，都曾在澳洲学习过；泰米尔绣品店的老板 kami，也让我想起马六甲小店里的印度克什米尔人，一杯茶，一个下午，向我介绍克什米尔的羊绒用品，像 kami 家族一样，一针一线延续着整个家族的生命。

世界太奇妙，未知太多，我还要继续探索，把自己抛出去独自面对这个世界。我不再惧怕，因为内心越来越强大，不管下一站在那里，那都是我成长的又一个开始。

给三十岁的自己，共勉！

另，特别感谢死党一景以及陈奇、晓亚、邹建平、马艳秋等几位朋友的支持和帮助。有了你们，才有了此书的呈现，特此致谢！

1. 住宿

（1）Nyatapola Guest House 500—700 卢比

老板是木雕工匠，可以参观雕刻过程，如果感兴趣，也可以报名学习。

（2）Sunny Guest House

地址：在巴德岗杜巴广场尼纳神庙旁边

从露台望出去可以看到陶瓷广场和杜巴广场的全景，在楼顶餐厅点一份尼泊尔餐，看着风景吃饭的感觉很不错，住宿费比其他旅馆稍贵。不过作为可以看风景的房子，也值得。

（3）Golden gate guest house

地址：巴克塔普尔，杜巴广场 11 号

性价比较高的住宿，每晚 600 卢比，地理位置较好，楼顶可以看到陶瓷广场，房间比较干净。

2. 饮食

（1）Jujudhau，即“酸奶之王”，一种奶油味浓厚的黏稠酸奶。旅游餐厅一般都会有小吃。最好吃的在杜巴广场和 Navpokhu Pokharl 水池之间的小饭馆里，店外张贴着酸奶的图片特别显眼，陶土罐装，只要 25 卢比。

（2）Newa Chhen Restauratnt

地址：Tibukchhen，Bhaktapur，Nepal

食物经济实惠又可口，纽瓦丽餐做得很地道，就餐环境一般，但为了食物，也值得来一趟。

（3）Namaste Cafe

地址：靠近塔丘帕街旧城广场

楼上的咖啡厅不仅可以欣赏到广场风景，它的装修也很独特。逛得累了，坐下来喝杯咖啡，旅行才更有节奏。

出行尼泊尔之行囊便签

选择到尼泊尔旅行，出发前，我们除了要带上眼睛、嘴巴欣赏和品尝这个国家外，也不要忘了自己的健康和尊重这里的文化。

出发前，记得检查行囊哦！

（一）尊重尼泊尔文化

（1）尼泊尔全民信教，80％信仰印度教，10％佛教，10％其他宗教。异教徒进入印度教，需获得许可。进庙后，记得脱鞋，切勿骑在神像、神兽上面拍照，它们是印度教的神灵。藏传佛教寺庙，按顺时针方向参观，穿着不宜太暴露。

（2）火，在尼泊尔是非常神圣的，请勿将垃圾丢进火中（寺庙内、房间内均不允许抽烟）。

（3）在尼泊尔，“头”被认为是非常高贵而神圣的，所以不要去摸小孩的头。与男性打招呼可以握手，和女性打招呼需双手合十，用尼泊尔语“Namaste”问候。

（4）避免用左手递物品给他人，与人握手不要用左手，因为左手在南亚地区是用于便后清洁，被视为不洁。

（5）不要随便施舍，无时无刻都会被要求付小费，尤其是小孩，付钱给一个，会围上一大群，一双双黑手伸向你，都来不及逃跑。

（二）气候与服装

（1）5月到10月平均温度为18℃—29℃，建议穿轻薄的衣服，11月至次年4月平均温度为4℃—22℃，建议穿长袖T恤及外套或薄毛衣（早晚温差较大可带棉衣出行）。

（2）在室外待久了会晒红起皮，疼痛难忍，所以帽子、墨镜、防晒霜是必备的。尼泊尔住宿条件一般，建议自带牙膏、牙刷和拖鞋。

（3）加德满都多处旅游地空气质量较差，建议佩戴口罩。另外，尼泊尔医疗条件落后，携带棉纱手套、晕车药、止泻药、肠胃药等常用药品，多考虑一点，准没错。

（三）饮食不可马虎

（1）尼泊尔人性格温和，做事慢条斯理，时间观念并不强，在餐馆点完菜后，需要极大的耐心等候，尽量避免肚子很饿的时候再去找吃的，免得自己狼吞虎咽。

（2）切勿饮用生水，跟生水有关的食物，也尽量少食用。

（四）安全注意事项

（1）由于各地区游客较多，请您在出行时特别小心自己随身携带的物品，以免被窃。

（2）尼泊尔汽车靠左行驶，出行散步、购物时注意靠左行走，先看右边再看左边。

（五）购物天堂

（1）尼泊尔本土手工艺品种类繁多，价格低廉，但质量好坏不等，印度手工艺品在尼泊尔很受欢迎，价格也不算离谱。

（2）加德满都市场的唐卡画多半是为游客而画的，用料和纸张都与传统唐卡相差千里，购买时要仔细鉴别，小心上当。印度教或藏传佛教宗教用品很多，佛像大多雕刻精美，买来做摆设也不错。

（3）以尼泊尔或印度布料

缝制而成的背心、长裤，很具民俗风味，面料十分柔软舒适。纱丽布料也有很多种可选，在当地订制一件，穿着游玩尼泊尔别有一番风味。

（4）尼泊尔出售的红茶，多半是印度大吉岭红茶和阿萨姆红茶，只是包装各有不同。有些包装精美兼具实用性，是送礼的较佳选择。

尼泊尔经典路线推荐

尼泊尔虽然国土面积很小，但它历史文化丰富，有着七大世界文化遗产，是众多背包客、游客趋之若鹜的地方。在这里，你能体会到不一样的风景和文化，让你仿佛回到中古世纪，远离城市喧嚣。在这里，你也能找到一份自由和娴静。

印度教与藏传佛教的融合，将会让你受到心灵的洗礼。

这里是登山、攀岩、极地自行车等户外运动的最佳目的地，各种极限运动让你的激情和勇气尽情释放。

行走是亲近这个国家的最好的方式，不去徒步，就别说真正来过尼泊尔。选择不同的徒步路线，让你探究自己的体力潜能和底线，那种穿梭在壮丽的山景之间的感觉，有着无法用言语表达的震撼。

来这里，一定要欣赏动物。尼泊尔国家动物园里的野生动物，有很多已是世界濒危物种。在这里，你可以与独角犀牛、喜马拉雅山塔羊、孟加拉虎等动物来一次近距离接触，当然要保护好自己。

在这里，可以欣赏尼泊尔精巧的雕刻艺术。用油砖、石雕和木刻构造的建筑，精美繁复的工艺堪称艺术杰作，有充满情色的印度教故事，有细致生动的佛教典故。

无论在这里是五天的短游还是一个多月的常游，甚至是三五月的深度行；无论你是选择背包客栈式的穷游还是高档酒店的豪华出行，你可以悠闲漫步，也可以挑战极限……

在这里，每一种经历都能带给你与其他旅行地不一样的独特体验。

尼泊尔旅行七天攻略

领略加德满都谷地文化

第一天：加德满都杜巴广场及周边小寺庙→→第二天：猴庙、博德纳大佛塔和皇家博物馆→→第三天：帕坦→→第四天：巴德岗→→第五天：纳嘉阔特→→第六天：加德满都泰米尔区购物→→返程

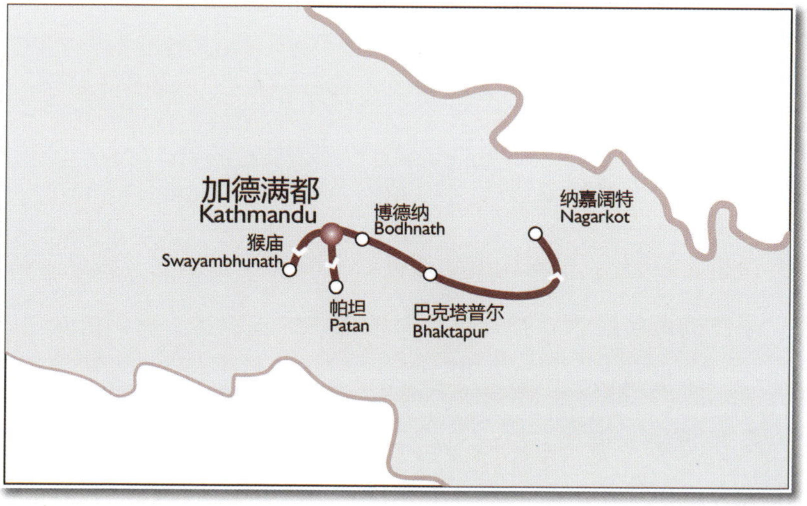

第一天：加德满都杜巴广场及周边小寺庙

杜巴广场在尼泊尔语中意为皇宫，此广场即为皇宫广场，这里包含了尼泊尔从十六世纪到十九世纪之间的特色建筑。由 50 多座寺庙、宫殿组成的杜巴广场，汇聚了尼泊尔木雕石刻及众多精湛技艺，可以说这里是尼泊尔建筑文化的聚集地。

在这里，你可以像本土尼泊尔人那般坐在石阶或塔基上居高望远，也可以感受当地人的市井百态。

重点游览景点推荐：

1. 老皇宫（哈努曼多卡宫）

相当于尼泊尔故宫，因门前的哈努曼神像得名。最早修建于 13 世纪，后于 15 世纪补修，现存 12 个庭院。

2. 加萨满达庙（独木庙）

位于广场西南角，加德满都的名字就是由此而来。它建于 12 世纪，是由一整棵娑罗双树取材建造而成的，现主要是供奉苦行者。入寺参观可以背靠寺内的木柱摩擦或是攀爬木柱，据说此举可以带来好运。

3. 湿婆—帕尔瓦蒂神庙

建于 19 世纪，供奉印度教湿婆神及其妻子雪山女神帕尔瓦蒂。门口屹立的两个巨大石狮正上方有他们两位的雕像，雕刻精美传神，是整个广场最具代表的景观之一。

4. 库玛丽女神庙

建于 18 世纪，位于广场南部的一座三层红砖建筑内。尼泊尔

是世界上唯一一个供奉活人为神的国度，加德满都的活女神庙也是尼泊尔最受崇拜的活女神庙。庙内木雕精美，每天下午四点参观，女神会从小窗出现，但不可以拍照。

5. 贾格纳神庙

建于 16 世纪，屋檐上有性爱雕刻，生动唯美，在庙前的空地上聚集着鸽群，当地人会带食特来喂养它们，因此，这里也是摄影爱好者的好去处。

6. 黑拜拉弗神像

此庙供奉的是黑拜拉弗神像，一块巨大的石头上刻着的神像，面目狰狞，白色眼珠，青面獠牙，脚下踩着尸体。来来往往的印度教徒已把神像摸得油光黑亮，据说在神像面前撒谎，会马上死掉，所以在神像面前，要虔诚。这里也是拍摄人文题材照片的绝佳地方。

第二天：猴庙、博德纳大佛塔和尼泊尔国家博物馆

猴庙和博纳德大佛塔都属于藏传佛教的寺庙，前者位于环加德满都城的一座小山上，后者位于城市东部的平地上，是世界上最大的佛塔之一。二者建筑相同，从底座到塔尖分为五个部分，分别象征“天、地、水、火、风”五大元素，主塔四面是彩绘佛眼，象征佛陀时刻都在普度众生，佛眼下面的鼻子形状类似问号，是尼泊尔文的数字“一”，代表和谐统一。

尼泊尔国家博物馆的前身为尼泊尔皇宫，2001 年的皇室血案，致使尼泊尔皇家政权结束，结果从此走上了民主共和的道路。馆内展示着大量的皇家照片和用品，也包括血案的户外遗址。

第三天：帕坦

帕坦是加德满都谷地三大古城之一，主要的景点是在杜巴广场，但这里的市井更有看点，更为浓郁。

杜巴广场的查尔纳拉扬神庙、皇宫、克利须那神庙、查尔纳拉扬神庙、黄金寺，可着重参观。帕坦的建筑主要以石刻而闻名，参观时可多加留意。

第四天：巴德岗

巴德岗，中文翻译为“巴克塔普尔”，是加德满都山谷三大古王朝之一，位于加德满都市区以东。始建于12世纪，全盛时期市内仅神庙就有近200座，现今仍有许多建筑保存完整，相比加德满都，它更显得宁静古朴。

巴德岗可参观的地方有：杜巴广场、塔丘帕广场和陶马迪广场三大广场。相比加德满都的杜马广场，这里的规模要小许多，但皇宫、帕斯帕提神庙、瓦斯塔拉杜迦神庙等地汇聚了精美的木雕装饰，非常值得一看，尤其是在塔丘帕街的普迦里僧屋，原本是僧侣的住所，现在已改为木雕博物馆，在这可以欣赏巴德岗最精美的木雕工艺，孔雀窗是代表作品。

第五天：纳嘉阔特

纳嘉阔特位于巴德岗东北部15公里处，坐落于海拔2175米的山顶上，这里是整个谷地最著名的雪山观景台，可以眺望到包括珠穆朗玛峰在内的喜马拉雅群山。

第二天清早看日出，是这里最美的风景线。

◆纳嘉阔特的日照金山

第六天：加德满都泰米尔区购物

泰米尔区是加德满都最负盛名的购物区域，琳琅满目的商品店铺能极大地满足游客的购买欲。羊毛和羊绒制品、当地服饰、红茶和香料、廓尔喀弯刀、各种镶嵌珠宝的首饰、银器和铜器以及木雕等一应俱全，不过购买时一定要货比三家。另外，银铜器可以在帕坦购买，价格相对便宜，木雕等木质工艺品则在巴德岗雕刻坊购买更为合适。

提示：整个谷地最值得去的寺庙

1. 昌古纳拉扬神庙：这座雕塑艺术宝库已被联合国教科文组织列入世界遗产。

2. 戈卡纳·马哈德夫庙：堪称印度教画像的集大成之地。

3. 因德瑞许瓦·摩诃戴弗神庙：这座完美的寺庙在通向西藏的公路南边，两条河流的交汇点旁。

4. 泊达尼坎塔：由整块巨石雕刻而成的毗湿奴卧像，相当震撼。

5. 达克斯特里庙：人们在这个阴森的地方，用新鲜的血液祭祀愤怒的女神。

尼泊尔旅行 12 天攻略

环尼泊尔经典路线

第一天：加德满都杜巴广场主要寺庙、博德纳大佛塔→→第二天：巴德岗→→第三天：帕坦→→第四、五、六天：博卡拉→→第七、八天：奇特旺→→第九、十天：蓝毗尼→→第十一、十二天：加都购物

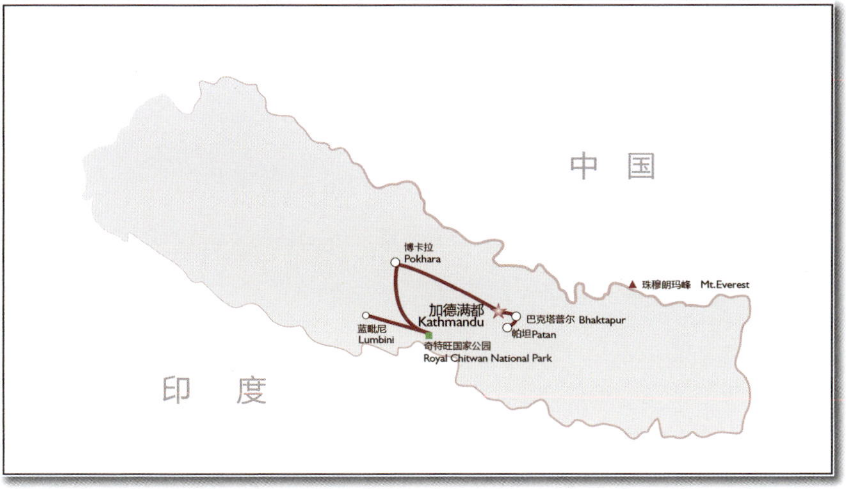

第一天：加德满都杜巴广场主要寺庙、博德纳大佛塔；

第二天：巴德岗，加德满都谷地三大城市之一，是尼泊尔中世纪建筑和艺术的发源地；

第三天：帕坦，古迹如云，为旅游圣地。

◆巴德岗的清晨

第四、五、六天：博卡拉

博卡拉位于加德满都西北约 200 公里处，是尼泊尔的第二大城市，这里巍峨绝美的雪山风光和舒适闲淡的湖滨生活，以及众多的户外探限活动，吸引着无数旅行爱好者们。在这里，你可以抽时间徒步，有长线和短线的不同选择，徒步到世界和平塔，在萨朗科远眺壮丽的山景；双人滑翔伞带着你，在群峰里，感受像一只鸟一样自由飞翔；你还可以在费瓦湖泛舟，穿梭在山水间，体验尼泊尔式的闲情。

第七、八天：奇特旺

奇特旺国家公园曾是尼泊尔皇室和他们的贵宾狩猎的私人领地，1973 年它被联合国教科文组织列为世界文化遗产。

参观大象繁育基地，然后骑着大象穿梭于丛林中，近距离接触珍稀动物，有独角印度犀牛、孟加拉虎等 50 多种哺乳动物，还可以观察 450 多种不同鸟类。在 Rapti 河或纳拉亚尼河划独木舟看泽鳄、印度鳄，幸运的话还可以看到恒河豚。给大象洗澡，与大象玩耍嬉戏，也是不错的体验。

第九、十天：蓝毗尼

蓝毗尼，释迦牟尼佛的诞生地，佛教的主要圣地之一。位于尼泊尔西南与印度交界处，现为尼泊尔政府保护的文化遗址。如果从印度过境，可以先到这里参观。

这里主要的景点有摩耶夫人祠、阿育王石柱、佛教寺院、东寺西寺院区、蓝毗尼博物馆、世界和平塔和蓝毗尼鹤保护区。东西寺院区分布着世界多国来此修建的寺院，中国、德国、法国、韩国、日本、缅甸、印度、蒙古、不丹、奥地利等国，纷纷来此表达对佛祖的敬意。

有许多寺庙是可以住宿的，只需交少量的钱还包餐，比如韩国寺，日本寺可以以工换食宿，建议虔诚的佛教徒在此多留两日，静坐在摩耶夫人祠前的娑罗双树下，感受当年佛陀的悟道历程，看来自世界各地的信众虔诚的祭拜，这些感动最是震撼人心。

蓝毗尼最重要的佛教庆典是一年一度的佛祖诞辰纪念日，每年4月或5月间举行，届时成群结队的佛教徒从世界各地赶来，浓郁的气氛，值得前来体验。

第十一、十二天：加德满都购物

尼泊尔旅行20天—30天攻略

深度体验尼泊尔

用一个月的闲暇时光去感受尼泊尔，不仅可以去一些游客罕至的景点，还可以安排一次珠峰大本营徒步。

2—3天：参观加德满都寺庙佛塔，可乘坐玛纳卡玛纳缆车体验极具中世纪气氛的密宗寺庙→→1—2天：班迪普尔古村落，沿线还可以去其他村落漫步，感受当地文化→→2—3天：博卡拉滑翔泛舟

→→ 1—2 天→→蓝毗尼园里体验佛陀的证悟→→ 1—2 天：奇特旺森林公园→→ 14—16 天：徒步珠峰大本营

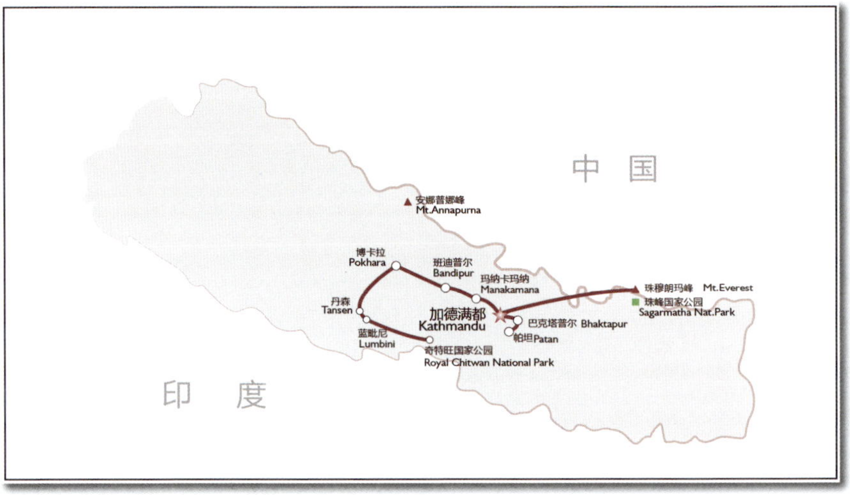

玛纳卡玛纳

尼泊尔唯一有缆车观光的地方，全线长 2.8 公里，可升 1044 米，是亚洲最长的观景缆车，车体全部由奥地利制造。

玛纳卡玛纳神庙是尼泊尔最重要的寺庙之一，也是印度教的重要寺庙之一，有许多印度人不远万里来此祭

◆ “血流成河”的玛纳卡玛纳

拜。这里供奉 Durga 女神，她是湿婆神的妻子“帕尔瓦蒂”的化身之一，尼泊尔人在遇到无法解决的事时，常常来向她祈告获得答案。

◆尼泊尔唯一缆车观光线

班迪普尔古村落

这里有着浓浓的古色古香的中世纪气氛，朴实无华，因为交通不便利，游客稀少，而因此也才让它能保留了最原始的韵味。如果有时间，还可以到该镇附近的玛迦人村庄漫步，18 世纪的古韵，让你体验时空穿越般的美景。

徒步珠峰大本营徒步

这是最有代表性的喜马拉雅徒步路线，沿途旅馆和三三两两分布的茶馆，为旅人们提供着温暖，让旅途不再劳累。徒步此线路，最好有向导指引，逐步适应高海拔气候，循序渐进。天气变化无常，一定听听向导的经验，安全最重要。

如果时间充足，还可以开展珠峰环线徒步，绕道前往观赏冰川和戈焦山谷的冰湖，而后再前往大本营。

珠峰徒步后，最好在加德满都逗留 1—2 日，逐步适应低海拔气候。

其他攻略

现推荐一些尼泊尔比较有特色的地点，在行程时间自由的情况下，不妨到此一访。

努瓦科特村

尼泊尔的历史重镇。

南部山谷村镇奇提普和布加马提

有许多中世纪寺庙和建筑，在步行街上闲逛，体验本土文化。

蒂劳拉堡考古遗迹

这里被考证为迦毗罗卫城遗址的所在地，释迦太子曾在这里生活了 29 年。

达曼

尼泊尔让人印象最深的观景点之一，在清晨时，300 公里的喜马拉雅群峰全景现于眼前，宏伟而壮丽。

丹森

玛迦人的 Tanahun 国王故都，因为车子无法上去，因而这里的远足路线非常迷人。

科什塔普野生动物保护区

观鸟爱好者的天堂，有多种珍稀鸟类分布。

茶园伊拉姆

这里靠近印尼边境，郁郁葱葱的茶树，是探幽访胜之地。

卡贝尼

充满中世纪风情的村落，附近还有迷人的 Marpha 和 Chhairo 佛寺。

公认的徒步游最值得推荐的路线

最佳文化体验路线

塔芒古道家庭寄宿与社区客栈、传统部落的分布，带你体验更加本土的生活方式。

最佳山景路线

珠峰大本营和支线跟随着登山爱好者与夏尔巴向导们的脚步，把世界之巅一步步踩在脚下，这是一种荣耀和自豪。

最佳长途路线

安纳布尔纳峰环线喜马拉雅山区徒步路线中，最著名的路线，风光旖旎，怎一个“美”字了得。线路长短可自由选择。

最佳短途路线

郎当峡谷郎当之美，大气，壮阔。集秀美、西藏茫茫高原之辽阔和尼泊尔的田园风情于一身，让人为之倾倒。

最佳中程路线

安娜普尔纳峰保护区这条徒步路线虽然行程较短，但近距离的领略山峰和冰川之美，足以美得让人窒息。

最佳冬季线路

戈瑞帕里至甘杜克环线从杜鹃圣地、古荣村落到壮丽的安娜普尔纳峰，6 天的行程绝不虚行。

公认的骑行和漂流经典线路

最佳荒野漂流路线

桑科希河或塔玛尔河，穿越于广袤的偏远地带，激动人心的远征之旅。

最佳皮划艇训练地

在翠苏里河的河畔营地，在教练的指导下学习爱斯基摩人的水上功夫。

最佳漂流之旅

胡特可西河在激浪中高高跃起，与溪流紧紧相依，这里有最惊心动魄的激浪漂流。

最佳山地车骑行

从佐莫索姆至博卡拉一路骑行，探索旖旎风光和古村落民风。

最佳山地车一日行

Scar（露岩）路上坡的艰难骑行，当看到壮观的山谷风情时，这一切都值了。